與眾不同的【角色扮演・聲

第一本兼具【能表達、能聽懂】功能的旅遊日語！

本書是第一本為了達成旅遊時「能表達」、「能聽懂」日語，而精心製作的旅遊日語工具書。除了書內頁的實用內容，本書的**MP3**錄音更是與眾不同。

MP3 內容由三位日籍正音老師，分別扮演旅客、日本各行業服務人員，在充滿臨場感的氛圍中，字字清晰的念出標準的日語發音。並因應學習所需，「旅客」角色以較慢速度念，其他，則恰當的呈現出該角色應有的語氣、口吻、與速度。讀者能從輕鬆聆聽之中，熟悉道地的日語表達，面臨實際狀況，自然能加快理解與回應。

把日本人的【旅遊場景應答實況語音】帶回家～！

手握本書，日本旅遊全程受用～！

作者序

日本距離台灣很近，而且台灣人到日本旅遊是免簽證的。但許多經常到日本的人，是不太會說日語的。我特別替這樣的一群人，**寫了這一本「利用簡單句子，就能和日本人對話」的工具書**，希望有了這本書，大家從此不再擔心—無法和日本人溝通。

為了讓這本書**同時適用於「自助旅行」以及「跟團旅行」**，我特別以情境分類的方式，來編寫內容，並網羅旅遊常用單字。在對話部分，更是力求真實完整，具體呈現日本人的慣有陳述與應答。

必須和日本人溝通時，請一手拿著本書，大膽開口吧！還不太會說日語的人，也可以指著書中的日文給對方看；當然，也可以自己替換句子的單字，變成當下情況適用的。遇到不會說的單字，不妨用英文表達；不知道數字的說法，**可以翻翻本書的「常用字詞速查表」**，或直接寫在紙上給對方看。

帶著這本書，開心到日本玩吧！所有「日文怎麼說呢」的困擾，這本書一定能助你一臂之力！

作者簡介：

福長浩二

出生於日本廣島，日本廣島修道大學畢業。國立清華大學科技管理研究所畢業。

1997 年來臺灣，一邊讀書、學中文，一邊教日文。
具十年以上日語教學經驗，曾於臺灣、韓國、日本擔任日語老師，教學經驗豐富。

在臺灣期間曾擔任：
地球村、青山外語、趨勢語言教育中心、菁英國際語言教育中心、城邦集團果實出版、崇光社區大學、聖心女中…等機構日語教師。

具豐富的中日筆譯、口譯實務經驗，曾任日商公司翻譯人員；並協助國立臺灣史前文化博物館進行日文網頁翻譯。

由於本身具備流利的中文表達能力，所以能從中日文的差異，完全掌握台灣人學習日語的盲點，並提供適切的解說。

著作：
- 旅遊日語 **500** 句便利語典（檸檬樹出版）
- 惡口日語 **500** 句便利語典（檸檬樹出版）
- 日本語 慣用語句活用手冊（檸檬樹出版）
- 日語單字的故事（檸檬樹出版）
- 字解日本年度漢字（檸檬樹出版）

本書內容說明

左頁—簡單、易說的【即效溝通用語】

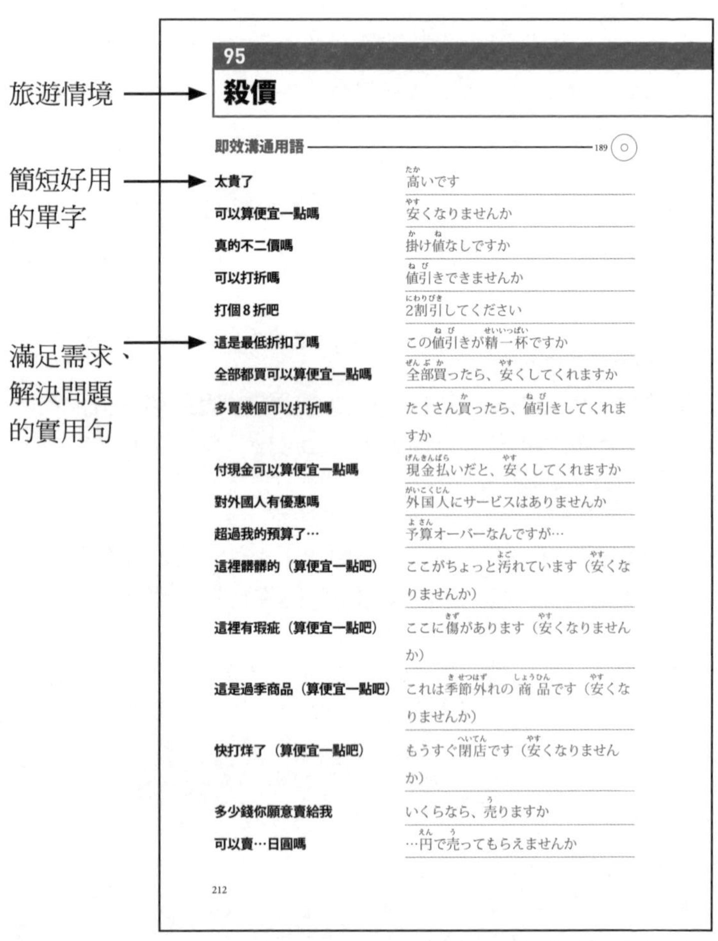

95

殺價

即效溝通用語 189

太貴了	高いです
可以算便宜一點嗎	安くなりませんか
真的不二價嗎	掛け値なしですか
可以打折嗎	値引きできませんか
打個8折吧	2割引してください
這是最低折扣了嗎	この値引きが精一杯ですか
全部都買可以算便宜一點嗎	全部買ったら、安くしてくれますか
多買幾個可以打折嗎	たくさん買ったら、値引きしてくれますか
付現金可以算便宜一點嗎	現金払いだと、安くしてくれますか
對外國人有優惠嗎	外国人にサービスはありませんか
超過我的預算了…	予算オーバーなんですが…
這裡髒髒的（算便宜一點吧）	ここがちょっと汚れています（安くなりませんか）
這裡有瑕疵（算便宜一點吧）	ここに傷があります（安くなりませんか）
這是過季商品（算便宜一點吧）	これは季節外れの商品です（安くなりませんか）
快打烊了（算便宜一點吧）	もうすぐ閉店です（安くなりませんか）
多少錢你願意賣給我	いくらなら、売りますか
可以賣…日圓嗎	…円で売ってもらえませんか

212

本書內容說明

右頁—聽＆說互動實況的【實境應答】

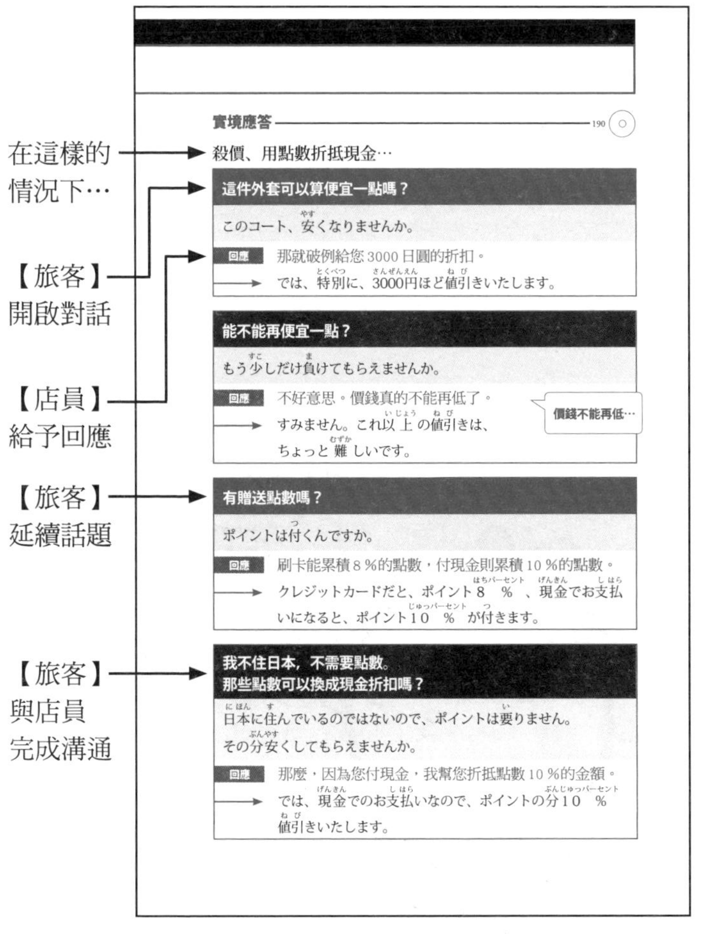

「聽」「說」旅遊日語很簡單　目錄

準備登機

翱翔天際

機場入境

安心住宿

遊山玩水

開心購物

大啖美食

日本旅遊「常用字詞」速查表

名詞

機場	空港	くうこう
火車站、地下鐵站	駅	えき
超市	スーパー	
百貨公司	デパート	
銀行	銀行	ぎんこう
觀光景點	観光名所	かんこうめいしょ
飯店	ホテル	
旅館	旅館	りょかん
餐廳	レストラン	
廁所	トイレ	
浴室	お風呂	おふろ
飛機	飛行機	ひこうき
電車、地下鐵	電車	でんしゃ
公車、巴士、客運	バス	
計程車	タクシー	
吃飯	食事	しょくじ
菜	料理	りょうり
飲料	飲み物	のみもの
水	水	みず
時間	時間	じかん
地圖	地図	ちず
觀光	観光	かんこう
購物	買い物	かいもの
旅行帶回的禮物	お土産	おみやげ
金錢	お金	おかね

護照	パスポート	
網路	インターネット	
筆和紙	ペンと紙	ぺんとかみ

動詞

起床	起きます	おきます
睡覺	寝ます	ねます
休息	休みます	やすみます
去	行きます	いきます
來	来ます	きます
回去	帰ります	かえります
走路	歩きます	あるきます
搭乘	乗ります	のります
下車	降ります	おります
進去	入ります	はいります
出來	出ます	でます
等待	待ちます	まちます
看	見ます	みます
聽、問	聞きます	ききます
唸、讀	読みます	よみます
書寫	書きます	かきます
買	買います	かいます
吃	食べます	たべます
喝	飲みます	のみます
拍照、攝影	撮ります	とります
做	します	
見面	会います	あいます
寄送	送ります	おくります
接受、得到	もらいます	
給別人	あげます	

日本旅遊「常用字詞」速查表

借入	借ります	かります
借出	貸します	かします
教、告訴	教えます	おしえます

形容詞

貴的	高いです	たかいです
便宜的	安いです	やすいです
大的	大きいです	おおきいです
小的	小さいです	ちいさいです
新的	新しいです	あたらしいです
舊的	古いです	ふるいです
好的	いいです	
不好的	悪いです	わるいです
天氣熱	暑いです	あついです
飲料等熱的	熱いです	あついです
天氣冷	寒いです	さむいです
飲料等冰的	冷たいです	つめたいです
好吃的	おいしいです	
不好吃、不好喝	おいしくないです	
方便的	便利です	べんりです
不方便的	不便です	ふべんです
愉快的	楽しいです	たのしいです
不愉快的	楽しくないです	たのしくないです
有趣的	面白いです	おもしろいです
不有趣的	面白くないです	おもしろくないです
漂亮的	きれいです	
帥的、英俊的	ハンサムです	

安靜的	静かです	しずかです
吵鬧的	うるさいです	
熱鬧的	賑やかです	にぎやかです
有名的	有名です	ゆうめいです
體貼的、熱心的	親切です	しんせつです
健康的、身體好	元気です	げんきです
簡單的	簡単です	かんたんです
難的	難しいです	むずかしいです
有空閒的	暇です	ひまです
忙的	忙しいです	いそがしいです
白的	白いです	しろいです
黑的	黒いです	くろいです
紅的	赤いです	あかいです
藍的	青いです	あおいです

數字

0	零	ゼロ、れい
1	一	いち
2	二	に
3	三	さん
4	四	よん、し
5	五	ご
6	六	ろく
7	七	なな、しち
8	八	はち
9	九	きゅう、く
10	十	じゅう
11	十一	じゅういち
12	十二	じゅうに
13	十三	じゅうさん

日本旅遊「常用字詞」速查表

14	十四	じゅうよん
15	十五	じゅうご
16	十六	じゅうろく
17	十七	じゅうなな
18	十八	じゅうはち
19	十九	じゅうきゅう
20	二十	にじゅう
30	三十	さんじゅう
40	四十	よんじゅう
50	五十	ごじゅう
60	六十	ろくじゅう
70	七十	ななじゅう
80	八十	はちじゅう
90	九十	きゅうじゅう
100	百	ひゃく
105	百五	ひゃくご
	***（註）在日本很多東西賣 100 円，加稅 5％ 就變成 105 円**	
110	百十	ひゃくじゅう
200	二百	にひゃく
300	三百	さんびゃく
1,000	千	せん
1,050	千五十	せんごじゅう
	***（註）在日本很多東西賣 1000 円，加稅 5％ 就變成 1050 円**	
1,100	千百	せんひゃく
2,000	二千	にせん

3,000	三千	さんぜん
10,000	一万	いちまん
10,500	一万五百	いちまんごひゃく
	＊（註）在日本很多東西賣10000円，加稅5％就變成10500円	
11,000	一万千	いちまんせん
20,000	二万	にまん
30,000	三万	さんまん
100,000	十万	じゅうまん

人數

1人	1人	ひとり
2人	2人	ふたり
3人	3人	さんにん
4人	4人	よにん
5人	5人	ごにん
幾個人	何人	なんにん

月份

1月	1月	いちがつ
2月	2月	にがつ
3月	3月	さんがつ
4月	4月	しがつ
5月	5月	ごがつ
6月	6月	ろくがつ
7月	7月	しちがつ
8月	8月	はちがつ
9月	9月	くがつ
10月	10月	じゅうがつ
11月	11月	じゅういちがつ
12月	12月	じゅうにがつ

日本旅遊「常用字詞」速查表

幾月	何月	なんがつ

日期

昨天	昨日	きのう
今天	今日	きょう
明天	明日	あした
1日	1日	ついたち
2日	2日	ふつか
3日	3日	みっか
4日	4日	よっか
5日	5日	いつか
6日	6日	むいか
7日	7日	なのか
8日	8日	ようか
9日	9日	ここのか
10日	10日	とおか
11日	11日	じゅういちにち
20日	20日	はつか
21日	21日	にじゅういちにち
30日	30日	さんじゅうにち
幾號	何日	なんにち

上下午、幾點鐘

上午	午前	ごぜん
下午	午後	ごご
1點	1時	いちじ
2點	2時	にじ

3點	3時	さんじ
4點	4時	よじ
5點	5時	ごじ
6點	6時	ろくじ
7點	7時	しちじ
8點	8時	はちじ
9點	9時	くじ
10點	10時	じゅうじ
11點	11時	じゅういちじ
12點	12時	じゅうにじ
幾點鐘	何時	なんじ

幾分鐘

1分	1分	いっぷん
2分	2分	にふん
3分	3分	さんぷん
4分	4分	よんぷん
5分	5分	ごふん
6分	6分	ろっぷん
7分	7分	ななふん
8分	8分	はっぷん
9分	9分	きゅうふん
10分	10分	じゅっぷん
15分	15分	じゅうごふん
20分	20分	にじゅっぷん
30分	30分	さんじゅっぷん
40分	40分	よんじゅっぷん
50分	50分	ごじゅっぷん
幾分鐘	何分	なんぷん

聽說旅遊日語很簡單

清酒

1

預訂機票

即效溝通用語 —— 001

機票	チケット、航空券（こうくうけん）
預約	予約（よやく）
單程機票／來回機票	片道（かたみち）チケット／往復（おうふく）チケット
出發地／目的地	出発地（しゅっぱつち）／目的地（もくてきち）
航空公司／航班	航空会社（こうくうがいしゃ）／便（びん）
直飛／轉機	直行（ちょっこう）／乗（の）り継（つ）ぎ
空位／客滿	空席（くうせき）／満席（まんせき）
下一班飛機	次（つぎ）の飛行機（ひこうき）、次（つぎ）の便（びん）
更早一點的航班	もう少（すこ）し早（はや）い時間（じかん）の便（びん）
上午出發／下午出發	午前（ごぜん）の出発（しゅっぱつ）／午後（ごご）の出発（しゅっぱつ）
出發時間／抵達時間	出発時間（しゅっぱつじかん）／到着時間（とうちゃくじかん）
班機號碼	便名（びんめい）、フライトナンバー
經濟艙	エコノミークラス
商務艙	ビジネスクラス
頭等艙	ファーストクラス
多少錢	いくらですか
優惠機票	特価（とっか）のチケット
取消（機位）	（予約便（よやくびん）の）取消（とりけ）し
更改（機位）	（予約便（よやくびん）の）変更（へんこう）
候補（機位）	（飛行機（ひこうき）の）キャンセル待（ま）ち

實境應答 002

打電話訂機票…

麻煩你，我想預訂機票。

すみません。航空券(こうくうけん)を予約(よやく)したいんですが。

回應 請問您要到哪裡？

→ どこまでですか。

目的地？

我要到大阪。

大阪(おおさか)までです。

回應 請問一共幾位？

→ 何名様(なんめいさま)ですか。

共幾位？

兩個大人，一個小孩。

大人(おとな)2人(ふたり)、子供(こども)1人(ひとり)です。

回應 請問您預訂什麼時候出發？

→ いつの出発(しゅっぱつ)をご希望(きぼう)ですか。

何時出發？

最近的班機是什麼時候？

一番早(いちばんはや)い便(びん)は何月何日(なんがつなんにち)ですか。

回應 最近的班機是後天。 一番早(いちばんはや)い便(びん)はあさってです。

好，請幫我訂後天的班機。

じゃ、あさっての便(びん)を予約(よやく)してください。

回應 好的，我來處理。請您稍候。

→ かしこまりました。少々(しょうしょう)お待(ま)ちください。

2

現場購買機票

即效溝通用語

003

（航空公司）報到櫃檯	（航空会社(こうくうがいしゃ)の）チェックインカウンター
現場	この場(ば)
購買	買(か)います、購入(こうにゅう)します
我要去（東京）	（東京(とうきょう)）へ行(い)きたいです
機票	チケット、航空券(こうくうけん)
1張／2張／幾張	1枚(いちまい)／2枚(にまい)／何枚(なんまい)
直飛航班／轉機航班	直行便(ちょっこうびん)／乗継便(のりつぎびん)
經濟艙	エコノミークラス
商務艙	ビジネスクラス
頭等艙	ファーストクラス
這班飛機	この飛行機(ひこうき)、この便(びん)
空位／客滿	空席(くうせき)／満席(まんせき)
候補（機位）	（飛行機(ひこうき)の）キャンセル待(ま)ち
下一班飛機	次(つぎ)の飛行機(ひこうき)、次(つぎ)の便(びん)
什麼時候	いつですか
幾點	何時(なんじ)
要等多久	どのくらい待(ま)ちますか
多少錢	いくらですか
現金付款／刷卡付款	現金払(げんきんばら)い／カード払(ばら)い
起飛時間／抵達時間	出発時刻(しゅっぱつじこく)／到着時刻(とうちゃくじこく)

實境應答 ——— 004

在航空公司櫃檯準備買票…

我要現場買票。

ここでチケットを買(か)いたいんですが。

回應 您是要現場購票嗎？

→ この場(ば)でのチケット購入(こうにゅう)でしょうか。

是的，可以買下午 4 點 20 分的班機嗎？

ええ。午後4時２０分(ごごよじにじゅっぷん)の便(びん)のチケットを、購入(こうにゅう)できませんか。

回應 這班飛機客滿了。

→ この便(びん)は満席(まんせき)でございます。

客滿了

下一班飛機是幾點？

次(つぎ)の便(びん)は何時(なんじ)ですか。

回應 下一班飛機是下午６點。

→ 次(つぎ)の便(びん)は午後６時(ごごろくじ)でございます。

那班飛機還有空位嗎？

その便(びん)は、まだ空席(くうせき)がありますか。

回應 商務艙還有機位。

→ ビジネスクラスでしたら、まだ空席(くうせき)がございます。

好的，那我要 1 張商務艙的全票。

じゃ、ビジネスクラスで大人１枚(おとないちまい)お願(ねが)いします。

回應 好的，我立刻為您準備。

→ かしこまりました。すぐにご用意(ようい)いたします。

3

候補機位

即效溝通用語 005

機場	空港（くうこう）
（航空公司）報到櫃檯	（航空会社（こうくうがいしゃ）の）チェックインカウンター
我要候補	キャンセル待（ま）ちしたいです
1人／2人	１人（ひとり）／２人（ふたり）
可以…嗎	…いいですか
其他班機／下一班飛機	他（ほか）の便（びん）／次（つぎ）の便（びん）
…是什麼時候	…はいつですか
空位／客滿	空席（くうせき）／満席（まんせき）
哪一艙都可以	どの座席（ざせき）クラスでもかまいません
請給我…艙	…クラスにしてください
（候補的人）有多少人	（キャンセル待（ま）ちの人（ひと）が）何人（なんにん）いますか
大約10個人	大体10人（だいたいじゅうにん）ぐらい
要等多久	どのくらいかかりますか
要在哪裡等候	どこで待（ま）っていればいいんですか
如何通知（我）	どのように（私（わたし）に）知（し）らせますか
會廣播嗎	放送（ほうそう）しますか
候補號碼／候補名單	キャンセル待（ま）ち番号（ばんごう）／キャンセル待（ま）ちリスト
（候補）到幾號了	何番（なんばん）まで（キャンセルが）出（で）ましたか
開始候補了嗎	キャンセル待（ま）ちはもう始（はじ）まりましたか
可能候補到機位嗎	席（せき）は取（と）れそうですか

實境應答 006

到櫃檯詢問機位後補…

這班飛機還有空位嗎？

この便は、まだ空席がありますか。

回應　這班飛機已經客滿了。　この便は満席でございます。

可以現場候補機位嗎？

ここでキャンセル待ちできますか。

回應　是的，可以的。您要現在候補嗎？

→ はい、できます。ここでキャンセル待ちなさいますか。

現在有幾個人等候補？

キャンセル待ちをしている人は、今のところ何人いますか。

回應　目前有 6 位候補機位。

→ キャンセル待ちをしている人は、今のところ 6 人でございます。

那我要候補 2 張機位。

じゃ、キャンセル待ちで2枚お願いします。

回應　好的，我來處理。　かしこまりました。

什麼時候會知道有沒有空位？

いつ、空席が出るかどうかがわかりますか。

回應　不好意思，我們不確定何時會有空位。

→ 申し訳ありません。いつ空席が出るかは、はっきりわかりません。

4
選擇機艙

即效溝通用語 007

選擇	選(えら)びます
哪一個機艙	どの座席(ざせき)クラス
經濟艙	エコノミークラス
商務艙	ビジネスクラス
頭等艙	ファーストクラス
想坐（經濟艙）	（エコノミークラス）に乗(の)りたいです
不想坐（經濟艙）	（エコノミークラス）に乗(の)りたくないです
想換成（商務艙）	（ビジネスクラス）に替(か)えてほしいです
服務好	サービスがいいです
座位舒適	座席(ざせき)のすわり心地(ごこち)がいいです
優先登機	優先搭乗(ゆうせんとうじょう)
貴賓室	ラウンジ
機上餐點	機内食(きないしょく)
票價	チケットの値段(ねだん)
多少錢	いくらですか
（票價）最便宜	（チケットの値段(ねだん)が）一番安(いちばんやす)いです
（票價）最貴	（チケットの値段(ねだん)が）一番高(いちばんたか)いです
里程數	マイレージ
（機艙）能升等嗎	（座席(ざせき)クラス）をグレードアップできませんか
差額	差額(さがく)

實境應答

008

購票時選擇機艙…

我要2張經濟艙機票。

エコノミークラス2枚(にまい)お願(ねが)いします。

回應 經濟艙已經客滿了。目前商務艙還有空位。

エコノミークラスは、もう満席(まんせき)です。
ビジネスクラスでしたら、まだ空席(くうせき)がございます。

換商務艙嗎？

商務艙和經濟艙有什麼差別？

ビジネスクラスとエコノミークラスでは、何(なに)が違(ちが)うんですか。

回應 商務艙的座位比較寬廣舒適。

ビジネスクラスの座席(ざせき)の方(ほう)が、
広(ひろ)くて快適(かいてき)でございます。

座位寬廣舒適

商務艙和經濟艙的票價差多少？

ビジネスクラスとエコノミークラスでは、値段(ねだん)がいくら違(ちが)いますか。

回應 商務艙的票價比經濟艙貴7000日圓。

ビジネスクラスは、エコノミークラスよりも7000円(ななせんえん)高(たか)くなっております。

那我要2張商務艙機票。

じゃ、ビジネスクラス2枚(にまい)お願(ねが)いします。

回應 好的，我來處理。請您稍候。

かしこまりました。少々(しょうしょう)お待(ま)ちください。

5 航空公司櫃檯報到

即效溝通用語

009

(航空公司) 報到櫃檯	(航空会社(こうくうがいしゃ)の) チェックインカウンター
(航空公司) 地勤人員	(航空会社(こうくうがいしゃ)の) 地上職員(ちじょうしょくいん)
(…航空的報到櫃檯) 在哪裡	(…航空会社(こうくうがいしゃ)のチェックインカウンターは) どこですか
我要辦理報到	チェックインをお願(ねが)いします
什麼時候開始辦理報到	チェックインはいつ始(はじ)まりますか
護照	パスポート
簽證	ビザ
機票	チケット、航空券(こうくうけん)
電子機票	e(イー)チケット
登機證	搭乗券(とうじょうけん)
我要累計里程數	マイルを加算(かさん)してください
累計里程的帳戶	アカウント
個人行李	手荷物(てにもつ) (會話中常省略為：荷物(にもつ))
帶上機的隨身行李	持(も)ち込(こ)み手荷物(てにもつ)
托運的個人行李	預(あず)かり手荷物(てにもつ)
(個人行李的) 重量限制	(手荷物(てにもつ)の) 重量制限(じゅうりょうせいげん)
行李吊牌	荷物(にもつ)タグ
登機門	搭乗口(とうじょうぐち)
登機時間	搭乗時間(とうじょうじかん)
(飛機) 準時／誤點	(飛行機(ひこうき)が) 定刻(ていこく)／遅延(ちえん)

實境應答 010

辦理報到、並累計里程數

請問，中華航空的櫃檯在哪裡？

チャイナエアラインのカウンターはどこですか。

回應 從那邊數過來，第 2 個櫃檯。

→ あちらの端(はし)から2番目(にばんめ)のカウンターでございます。

飛往台灣的班機，幾點開始報到？

台湾便(たいわんびん)のチェックインは何時(なんじ)からですか。

回應 飛往台灣的班機，已經開始報到了。

→ 台湾便(たいわんびん)でしたら、チェックインはもう始(はじ)まっております。

我要辦理報到手續。

チェックインをお願(ねが)いします。

回應 請出示您的護照和機票。

→ パスポートとチケットをお願(ねが)いいたします。

請幫我累計里程數。我的里程帳戶是 BL 253021。

マイルを加算(かさん)してください。私(わたし)のアカウントは、ＢＬ253０２１(ビーエルにごさんゼロにいち)です。

回應 好的，我幫您累計 1330 里程數。

→ かしこまりました。１３３０(せんさんびゃくさんじゅう)マイルを加算(かさん)いたします。

這是您的登機證。

こちらがお客様(きゃくさま)の搭乗券(とうじょうけん)でございます。

請於 3 點 20 分、在 C35 號登機門登機。

３時２０分(さんじにじゅっぷん)、Ｃ３５(シーさんじゅうご)の搭乗(とうじょう)ゲートからご搭乗(とうじょう)ください。

6

劃位

即效溝通用語

011

我要劃位	座席指定をお願いします
透過網路劃位	ウェブでの座席指定
容易暈機	酔いやすいです
靠窗的座位	窓側の席
走道的座位	通路側の席
中間的座位	真ん中の席
兩人坐一起的座位	２人並びの席
三人相鄰的座位	３人並びの席
（機艙）前半的座位	（客室の）前のほうの席
（機艙）後半的座位	（客室の）後ろのほうの席
（機艙）中段的座位	（客室の）真ん中のほうの席
第一排的座位	一番前の列の席
最後一排的座位	一番後ろの列の席
靠近廁所的座位	トイレに近い席
靠近機門的座位	ドアに近い席
靠近緊急出口的座位	非常口に近い席
（座位）不要靠近廁所	トイレの近くにはしないでください
（座位）不要靠近機門	ドアの近くにはしないでください
（座位）不要靠近機尾	飛行機の後部にはしないでください
（座位）不要靠近機翼	翼の近くにはしないでください

實境應答 012

劃位、並選擇不易暈機的座位

我要劃位。我們要相鄰的座位。

座席指定(ざせきしてい)をお願(ねが)いします。私達(わたしたち)隣同士(となりどうし)の席(せき)をお願(ねが)いします。

回應 好的，我來處理。請問您的預約號碼是幾號？

→ かしこまりました。ご予約番号(よやくばんごう)は何番(なんばん)ですか。

預約號碼是CE 007052和CE 007053。

ＣＥ００７０52(シーイーゼロゼロななゼロごに)とＣＥ００７０５３(シーイーゼロゼロななゼロごさん)です。

回應 您有希望坐在哪裡嗎？ 席(せき)のご希望(きぼう)はございませんか。

我容易暈機，坐哪一帶好呢？

飛行機(ひこうき)酔(よ)いをしやすいんですが、どのあたりの席(せき)がいいでしょうか。

回應 飛機前、後的座位容易晃動，靠近機翼的座位比較平穩。

機翼較平穩

→ 飛行機(ひこうき)の前(まえ)のほうの席(せき)と、後(うし)ろのほうの席(せき)は揺(ゆ)れやすいですが、翼(つばさ)の近(ちか)くは揺(ゆ)れにくいです。

那請給我機翼附近的座位。

でしたら、翼(つばさ)の近(ちか)くの席(せき)をお願(ねが)いします。

回應 好的，28Ａ和28Ｂ，這兩個座位可以嗎？

這座位可以嗎？

→ かしこまりました。２８Ａ(にじゅうはちエー)と２８Ｂ(にじゅうはちビー)、こちらの席(せき)でよろしいですか。

好的，請幫我安排這個座位。

はい、この席(せき)でお願(ねが)いします。

7

錯過班機

即效溝通用語 013

來不及登機	乗(の)り遅(おく)れてしまいました
班機	便(びん)
機場	空港(くうこう)
因為路上塞車…	渋滞(じゅうたい)していたので…
已經起飛了	もう出(で)てしまいました
機票無法變更	チケットは変更不可(へんこうふか)
想改搭其他班機	他(ほか)の便(びん)に変更(へんこう)したいです
其他航空公司的班機	他(ほか)の航空会社(こうくうがいしゃ)の便(びん)
下一班飛機	次(つぎ)の便(びん)
往…的班機	…行(い)きの便(びん)
…是什麼時候	…はいつですか
我要候補機位	キャンセル待(ま)ちしたいです
有空位／客滿了	空席(くうせき)あり／満席(まんせき)
可以退費嗎	払(はら)い戻(もど)しできませんか
可以退費多少	いくら返金(へんきん)してもらえますか
要額外付費嗎	追加料金(ついかりょうきん)が必要(ひつよう)ですか
要重新購票嗎	チケットを再購入(さいこうにゅう)しなければなりませんか
要補多少差額	追加料金(ついかりょうきん)は、いくらですか
手續費	手数料(てすうりょう)
請幫我安排住宿	ホテルを手配(てはい)してください

實境應答 014

想辦法溝通改搭下一班

我要搭的班機已經起飛了嗎？

私(わたし)の乗(の)る便(びん)は、もう出(で)てしまいましたか。

回應 是的，剛剛起飛了。 ええ、先(さき)ほど出発(しゅっぱつ)いたしました。

可以改搭下一班嗎？

次(つぎ)の便(びん)に変更(へんこう)できませんか。

回應 您的機票是無法變更的。

→ お客様(きゃくさま)のチケットは、変更不可(へんこうふか)になっております。

即使付費也無法變更嗎？

追加料金(ついかりょうきん)を払(はら)っても、変更(へんこう)はできませんか。

回應 很抱歉，無法變更。

→ 申(もう)し訳(わけ)ございませんが、変更(へんこう)はできません。

因為路上塞車，所以太晚到達機場。可以通融一下嗎？

渋滞(じゅうたい)していたので、空港(くうこう)への到着(とうちゃく)が遅(おく)れてしまいました。

どうか、大目(おおめ)に見(み)ていただけませんか。

回應 今天已經沒有班機了，改搭明天的班機可以嗎？

→ 今日(きょう)は、もう便(びん)がございませんので、

明日(あす)の便(びん)になりますが、よろしいですか。

明天才有班機…

好的，只要能搭上飛機，明天也無所謂。謝謝你。

はい、乗(の)れるのなら、明日(あす)でもかまいません。ありがとうございます。

8

機位被取消

即效溝通用語

015

機位	飛行機(ひこうき)の席(せき)
被取消	キャンセルされました
是超額賣出機位嗎	オーバーブッキングですか
是網路訂票失敗嗎	ウェブでのチケットの購入(こうにゅう)に失敗(しっぱい)しましたか
請幫我確認	調(しら)べてもらえませんか
訂位資料	予約(よやく)データ
已經超過報到時間	チェックインは終了(しゅうりょう)しました
起飛前30分鐘	出発３０分前(しゅっぱつさんじゅっぷんまえ)
劃位	座席指定(ざせきしてい)
再次確認	リコンファーム
為何無法保留機位	なぜ席(せき)が確保(かくほ)できませんか
我要申訴	クレームを出(だ)します
我要全額退款	全額払(ぜんがくはら)い戻(もど)し
我不要退款	払(はら)い戻(もど)しは必要(ひつよう)ありません
請安排其他班機	他(ほか)の便(びん)を手配(てはい)してください
我想候補機位	キャンセル待(ま)ちしたいです
空位	空席(くうせき)
下一班飛機	次(つぎ)の便(びん)
什麼時候	いつですか
我要重新買票	新(あたら)しいチケットを購入(こうにゅう)したいです

實境應答 016

服務人員說你的座位被取消…

我們無法保留您的機位。

お客様の席が確保できません。

回應 為什麼？

→ どうしてですか。

您有再次確認機位嗎？

リコンファームをされましたか。

回應 我沒有再次確認。是超額賣出機位嗎？

→ いいえ、しませんでした。オーバーブッキングですか。

嗯，很抱歉，因為您沒有再次確認機位，我們把位子讓給其他乘客了。

ええ。申し訳ありませんが、リコンファームをされなかったので、他のお客様に席を回してしまいました。

回應 搭不上這班飛機就糟了。

→ この便に乗れないと困るんですが。

非搭這班不可…

這樣的話，我幫您安排其他座位。

でしたら、代わりの席をご用意いたします。

回應 如果確定了，請和我連絡。

→ 確保できたら、連絡していただけますか。

可以告訴我您的手機號碼嗎？

携帯電話の番号をいただけますか。

9

臨時決定更換班機

即效溝通用語 ——— 017

更改（班機）	（便(びん)の）変更(へんこう)
取消（班機）	（便(びん)の）キャンセル
不搭乘	乗(の)りません
這班飛機	この便(びん)
可以退費嗎	払(はら)い戻(もど)しできませんか
想搭乘	乗(の)りたいです
下一班飛機	次(つぎ)の便(びん)
往…的班機	…行(い)きの便(びん)
目的地	目的地(もくてきち)
其他班機	他(ほか)の便(びん)
最早的班機、最近的班機	一番早(いちばんはや)い便(びん)
白天抵達的班機	昼間到着(ひるまとうちゃく)の便(びん)
晚上抵達的班機	夜到着(よるとうちゃく)の便(びん)
上午出發的班機	午前出発(ごぜんしゅっぱつ)の便(びん)
下午出發的班機	午後出発(ごごしゅっぱつ)の便(びん)
直飛的班機	直行便(ちょっこうびん)
在東京轉機的班機	東京(とうきょう)での乗継便(のりつぎびん)
下星期的班機	来週(らいしゅう)の便(びん)
明天的班機	明日(あす)の便(びん)
要再付費嗎	追加料金(ついかりょうきん)がかかりますか

實境應答 018

忘了帶護照，只好改搭晚一點的班機…

我忘了帶護照，已經請家人送過來了，可以改搭下一班飛機嗎？

パスポートを忘(わす)れてしまったんですが、家族(かぞく)が届(とど)けてくれるので、次(つぎ)の便(びん)に変更(へんこう)できませんか。

回應 今天班機都客滿。 今日(きょう)の便(びん)は、どれも満席(まんせき)でございます。

如果取消班機，可以退多少錢?

もしキャンセルした場合(ばあい)は、お金(かね)はどのくらい払(はら)い戻(もど)してもらえますか。

回應 搭乘當天取消，可以退款 30 %。

→ 当日(とうじつ)キャンセルですので、３０％(さんじゅっパーセント)の払(はら)い戻(もど)しになります。

當日取消
退款 30 %

什麼時候的班機有空位？

いつの便(びん)が空(あ)いていますか。

回應 最近的班機是後天的班機。

→ 一番早(いちばんはや)いのは、あさっての便(びん)になります。

那我改搭後天的班機。要付手續費嗎？

じゃ、あさっての便(びん)に変更(へんこう)します。手数料(てすうりょう)は、かかりますか。

回應 不用的，您不需要支付變更手續費。

→ いいえ、変更手数料(へんこうてすうりょう)はかかりません。

回程班機也幫我延後 2 天。

帰(かえ)りの便(びん)も、２日遅(ふつかおく)らせてください。

10

托運行李

即效溝通用語 019

個人行李	手荷物（會話中常省略為：荷物）
托運的個人行李	預かり手荷物
帶上機的隨身行李	持ち込み手荷物
有幾件	いくつありますか
1件／2件／3件個人行李	手荷物が１つ／２つ／３つ
將所帶的行李秤重	手荷物を計量器に載せます
行李吊牌	荷物タグ
行李條	クレームタグ
重量限制／大小限制	重量の制限／大きさの制限
幾公斤	何キロですか
超重	重量オーバー
超重費用	超過料金
裡面有易碎物品	壊れやすい物が入っています
小心搬運	取り扱い注意
危險物品	危険物
易燃物品	発火しやすい物、引火しやすい物
貴重物品	貴重品
液狀物品	液体物
刀具類物品	刀剣類
行李推車	手荷物カート

實境應答 020

托運行李、並提醒小心搬運…

這件行李要托運，這個箱子要帶上飛機。

この荷物を預けます。この箱は、機内持ち込みでお願いします。

回應 這個箱子太大了，必須托運。

→ これは大きすぎますので、お預かり手荷物になります。

箱子太大了
必須托運

箱子裡面裝液晶電視，請貼上「小心搬運」的貼紙。

この箱には、液晶テレビが入っています。取り扱い注意のシールを貼ってください。

回應 我將貼紙貼在這裡。

→ シールはここに貼っておきます。

行李吊牌上請寫您的姓名和地址。

荷物タグにお名前とご住所をご記入ください。

帶上機的隨身行李有大小限制嗎？

機内持ち込みの荷物は、大きさの制限がありますか。

回應 隨身行李的長寬不能超過 56 公分。

→ 機内持ち込みのお荷物は、56センチまでになっております。

隨身行李要
56 公分內

11

行李超重

即效溝通用語 021

每個人	１人(ひとり)につき
個人行李	手荷物(てにもつ)（會話中常省略為：荷物(にもつ)）
重量限制	重量制限(じゅうりょうせいげん)
幾公斤	何(なん)キロですか
限重 30 公斤	３０(さんじゅっ)キロまでです
超重	重量(じゅうりょう)オーバー
超過幾公斤	何(なん)キロオーバーですか
超重 10 公斤	１０(じゅっ)キロオーバーです
超重費用	超過料金(ちょうかりょうきん)
（超重費的）計算方式	（超過料金(ちょうかりょうきん)の）計算方法(けいさんほうほう)
每公斤 6000 日圓	１(いち)キロ６０００円(ろくせんえん)です
總共多少錢	全部(ぜんぶ)でいくらですか
可以刷卡嗎	カードで払(はら)うことができますか
請通融一下	大目(おおめ)に見(み)てください
可以給予優惠嗎	サービスしてもらえませんか
拿一些行李出來	手荷物(てにもつ)を少(すこ)し取(と)り出(だ)します
當作隨身行李	機内(きない)持(も)ち込(こ)みにします
再秤重一次	もう一度(いちど)量(はか)ります
不同艙等	違(ちが)う座席(ざせき)クラス
不同的重量限制	違(ちが)う重量制限(じゅうりょうせいげん)

實境應答 022

行李超重、並請服務人員稍微通融…

我的行李超重了嗎？

（手）荷物が重量オーバーしていませんか。

回應 是的，您的行李超重 3 公斤。

→ ええ、3キロオーバーしております。

每個人的行李限重幾公斤？

（手）荷物は、1人何キロまでですか。

回應 托運行李是 20 公斤，帶上飛機的隨身行李是 7 公斤，總共是 27 公斤。

→ お預けの手荷物が２０キロと、機内持ち込みの手荷物が７キロで、２７キロまででございます。

每人限重 27 公斤

超重的費用如何計算？

超過料金は、どのように計算するんですか。

回應 每超重 1 公斤收費 6000 日圓。

→ 1キロにつき6000円になっております。

只超重 3 公斤，可以通融一下嗎？

3キロだけですから、なんとか見逃してもらえませんか。

回應 我們不能這樣做。這樣好了，我給您打對折。

→ それはできません。それでしたら、半額にいたします。

通融打對折

12 登機問題

即效溝通用語 023

登機證	搭乗券（とうじょうけん）
登機時間	搭乗時間（とうじょうじかん）
登機門	搭乗（とうじょう）ゲート
幾號登機門	何番（なんばん）の搭乗（とうじょう）ゲート
哪一個方向	どちらですか
找不到登機門	搭乗（とうじょう）ゲートが見（み）つかりません
可以帶我去…號登機門嗎	…番搭乗（ばんとうじょう）ゲートまで連（つ）れて行（い）っていただけませんか
走錯登機門	搭乗（とうじょう）ゲートを間違（まちが）えてしまいました
改成…號登機門	…番搭乗（ばんとうじょう）ゲートに変更（へんこう）になりました
什麼時候開始登機	搭乗開始時間（とうじょうかいしじかん）は何時（なんじ）ですか
開始登機時間／最後登機時間	搭乗開始時間（とうじょうかいしじかん）／最終搭乗時間（さいしゅうとうじょうじかん）
候機室	待合（まちあい）スペース
會廣播嗎	放送（ほうそう）がありますか
開始登機了嗎	搭乗（とうじょう）は始（はじ）まっていますか
孕婦可以優先登機嗎	妊婦（にんぷ）は優先搭乗（ゆうせんとうじょう）できますか
遺失登機證	搭乗券（とうじょうけん）をなくしました
補發登機證	搭乗券（とうじょうけん）の再発行（さいはっこう）
轉機	乗（の）り継（つ）ぎ
班機延誤	便（びん）の遅延（ちえん）
班機停飛	便（びん）の欠航（けっこう）

實境應答 024

詢問服務人員登機注意事項…

請問是從幾號登機門登機？

何番ゲートからの搭乗ですか。

回應 請從 E 42 號登機門登機。

→ E 4 2 番ゲートからのご搭乗でございます。

E 42 號登機門要怎麼走？

E 4 2 番ゲートへは、どう行きますか。

回應 走出出境審查櫃檯後、右邊直走，登機門就在左側。

→ 出国審査場を出て、右にまっすぐ行かれると、左側にございます。

右轉直走…

幾點登機？

搭乗時間は何時ですか。

回應 5 點 40 分開始登機，最後登機時間是 6 點。

→ 搭乗開始時間は5時 4 0 分で、最終搭乗時間は 6 時でございます。

會依照什麼順序登機？

どのような順番で搭乗しますか。

回應 會依照頭等艙、商務艙、經濟艙的順序登機。

→ ファーストクラス、ビジネスクラス、エコノミークラスの順になっております。

13 登機前的安全檢查

即效溝通用語 025

安全檢查	セキュリティー・チェック
請出示護照	パスポートを見せてください
請出示登機證	搭乗券を見せてください
請放入籃子裡	かごに入れてください
金屬探測器	金属探知機
請通過…	…通過してください
請往前走	前に進んでください
X光檢測機	X線検査装置
行李檢測螢幕	X線検査モニター
手錶也要取下嗎	時計も外さなければなりませんか
衣物也要脫掉嗎	服も脱がなければなりませんか
…要拿出來嗎	…を取り出さなければなりませんか
…要打開嗎	…を開けなければなりませんか
不能帶上飛機嗎	機内に持ち込めないんですか
…東西，沒有帶在身上	…は、身に着けていません
禁帶上機的物品	機内持ち込み禁止物
金屬物品	金属物
鋒利物品	刃物類
瓶裝液體	液体物
手錶／皮帶／項鍊	腕時計／ベルト／ネックレス

實境應答

026

進入機場安檢處，服務人員會這樣說…

請將身上的金屬物品，全部放進這個籃子。

身につけている金属のものは、すべてこのかごにお入れください。

回應 皮帶也要拿下來嗎？

→ ベルトも外さなければなりませんか。

是的，皮帶也請拿下來。外套請放進這個籃子。

はい、ベルトも外してください。上着は、このかごにお入れください。

帶了電腦…

回應 這是電腦。

→ これは、コンピューターです。

請打開電腦的袋子，讓我們檢查裡面。

コンピューターのバッグは、開けて中を見せてください。

化妝品可以嗎？

回應 這個化粧品也可以帶上飛機嗎？

→ この化粧品は、機内に持ち込んでもいいですか。

超過 100 ml 的液體禁止帶上飛機。

100 ml を超える液体は、機内持ち込み禁止です。

回應 那麼，可以幫我處理這個化粧品嗎？

→ じゃ、この化粧品は、処分していただけますか。

好的。

わかりました。

14

使用貴賓室

即效溝通用語

027

我要使用貴賓室	ラウンジを利用（りよう）したいです
要出示登機證嗎	搭乗券（とうじょうけん）を見（み）せなければなりませんか
…在哪裡	…どこですか
往…，應該怎麼走	…へは、どう行（い）きますか
任何人都…	誰（だれ）でも…
可以使用嗎	利用（りよう）できますか
是免費嗎	無料（むりょう）ですか
要付費嗎	有料（ゆうりょう）ですか
多少錢	いくらですか
商務艙的旅客	ビジネスクラスの乗客（じょうきゃく）
同行者	同伴者（どうはんしゃ）
最多幾個人	何人（なんにん）まで
可以使用多久	何時間（なんじかん）まで利用（りよう）できますか
服務	サービス
24小時開放	２４時間営業（にじゅうよじかんえいぎょう）
無線上網	無線LAN（むせんラン）
餐點	食事（しょくじ）
飲料／酒類	ソフトドリンク／アルコール
報章雜誌	新聞（しんぶん）・雑誌（ざっし）
傳真機	ＦＡＸ（ファックス）

實境應答

028

詢問「免費貴賓室」及「付費貴賓室」…

航空公司的貴賓室，任何人都能使用嗎？

航空会社（こうくうがいしゃ）ラウンジは、誰（だれ）でも利用（りよう）できるんですか。

回應

如果您是航空公司會員俱樂部的高級會員，或是頭等艙的乘客，就能免費使用航空公司的貴賓室。

高級會員、頭等艙乘客免費使用

航空会社（こうくうがいしゃ）のメンバーズクラブ上級会員（じょうきゅうかいいん）と、ファーストクラスをご利用（りよう）の方（かた）なら、航空会社（こうくうがいしゃ）ラウンジが無料（むりょう）でご利用（りよう）いただけます。

有沒有並非高級會員及頭等艙乘客，卻能使用的貴賓室？

上級会員（じょうきゅうかいいん）とファーストクラスの乗客（じょうきゃく）以外（いがい）でも、利用（りよう）できるラウンジはありませんか。

回應

高級會員及頭等艙以外的乘客，可以使用付費貴賓室。

使用付費貴賓室

上級会員（じょうきゅうかいいん）とファーストクラス以外（いがい）の方（かた）は、有料（ゆうりょう）で、有料（ゆうりょう）ラウンジがご利用（りよう）いただけます。

付費貴賓室是24小時開放嗎？

有料（ゆうりょう）ラウンジは、２４時間（にじゅうよじかん）利用（りよう）できますか。

回應

不是的，付費貴賓室的營業時間是上午6點到晚上11點。

いいえ、有料（ゆうりょう）ラウンジの営業時間（えいぎょうじかん）は、午前6時（ごぜんろくじ）から午後１１時（ごごじゅういちじ）までとなっております。

15 班機延誤

即效溝通用語 029

這班飛機	この便(びん)
延誤嗎	遅(おく)れますか
為什麼	なぜですか
天候不佳	天候不良(てんこうふりょう)
是故障嗎	故障(こしょう)ですか
目前搶修中	ただ今修理(いましゅうり)をしています
會延誤多久	どのくらい遅(おく)れますか
什麼時候可以登機	いつ搭乗(とうじょう)できますか
現在情況如何	今(いま)どんな状況(じょうきょう)ですか
延誤太久了	遅(おく)れすぎです
需要等多久	どのくらいかかるんですか
我想退票	払(はら)い戻(もど)ししたいです
我要求賠償	賠償(ばいしょう)してください
改搭下一班飛機	次(つぎ)の便(びん)に変更(へんこう)します
改搭其他航空公司的班機	他(た)の航空会社(こうくうがいしゃ)の便(びん)に変更(へんこう)します
請告訴我	教(おし)えてください
確切的起飛時間	はっきりとした出発時間(しゅっぱつじかん)
請幫我安排住宿	ホテルを手配(てはい)してください
臨時休息處	臨時(りんじ)の休憩所(きゅうけいじょ)
簡餐／毛毯	軽食(けいしょく)／ブランケット

實境應答

030

服務人員告知旅客，班機將延後起飛…

CL 215 班機由於機械故障，將延後起飛。

ＣＬ２１５便は、機材の故障のため、遅延になります。

回應 這下可糟了。什麼時候可以起飛呢？

→ 困りますよ。いつ出発できそうですか。

延至何時？

目前還不知道何時起飛，確定就會通知您。

今のところ、まだわかりません。 決まり次第お知らせいたします。

經過數個小時之後…

CL 215 班機確定於下午 4 點 20 分起飛。

ＣＬ２１５便の出発時間は、午後4時２０分に決まりました。

回應 延誤 5 個小時耶，抵達時間也會延後 5 個小時嗎？

→ 5時間の遅れですね。到着も5時間遅れるんですか。

是的，抵達時間也會延後。

はい、そうなります。

回應 可是，那時除了計程車，沒有抵達市區的交通工具了。

→ でも、そんな時間に市内まで行く交通は、タクシー以外にありませんよ。

航空公司可以幫我付計程車資嗎？

タクシー代は出してもらえるんですか。

幫我出計程車資？

可以幫您出計程車資，請您帶收據來公司。

はい。会社の方に領収書を持って来てください。

16

班機被迫停飛

即效溝通用語

031

班機	便(びん)
停飛	欠航(けっこう)
當地	現地(げんち)
天候不佳	悪天候(あくてんこう)
濃霧	濃霧(のうむ)
大雨	大雨(おおあめ)
機場關閉	空港閉鎖(くうこうへいさ)
能見度低	見通(みとお)しが悪(わる)いです
請等候通知	連絡(れんらく)をお待(ま)ちください
請稍候	少々(しょうしょう)お待(ま)ちください
要等多久	どのくらい待(ま)ちますか
明天會有補飛的班機嗎	明日(あす)に振替便(ふりかえびん)が出(で)ますか
現在怎麼辦	これからどうしますか
個人行李怎麼辦	手荷物(てにもつ)はどうしますか
我要退費	払(はら)い戻(もど)しをお願(ねが)いします
請安排其他班機	他(た)の便(びん)に振(ふ)り替(か)えてください
請安排其他航空公司	他社(たしゃ)の便(びん)に振(ふ)り替(か)えてください
請幫我安排住宿	ホテルを手配(てはい)してください
請提供餐飲	食事(しょくじ)を用意(ようい)してください
班機已經恢復起降了	飛行機(ひこうき)の運行(うんこう)が再開(さいかい)されました

實境應答 032

班機停飛，詢問行李及當晚的住宿…

班機為什麼停飛？

どうして欠航(けっこう)になったんですか。

回應

因為機械故障，所以今天無法起飛。

→ 機材(きざい)の故障(こしょう)で、今日(きょう)は出発(しゅっぱつ)できません。

什麼時候有補飛的班機？

振替便(ふりかえびん)はいつですか。

回應

明天早上，不過時間尚未確定。

→ 明日(あす)の朝(あさ)です。時間(じかん)はまだ決(き)まっておりません。

行李已經托運了，該怎麼辦？

もう（手(て)）荷物(にもつ)を預(あず)けたんですが、どうしますか。

回應

我們會替您一直保管到明天早上。

→ 明日(あす)の朝(あさ)まで、こちらでお預(あず)かりいたします。

如果您必須使用行李中的東西，請告訴我們。

お荷物(にもつ)の中(なか)に必要(ひつよう)なものがございましたら、お申(もう)しつけください。

今天晚上要住在哪裡？

今晩(こんばん)は、どこに泊(と)まるんですか。

回應

我們會為您安排旅館，旅館的接送巴士會來接您。

→ こちらでホテルをご用意(ようい)しております。ホテルからお迎(むか)えのバスが参(まい)ります。

17

飛機上找座位／座位上有人

即效溝通用語 033

空服員	きゃくしつじょう むいん 客室乗務員、フライトアテンダント
登機證	とうじょうけん 搭乗券
座位號碼	ざせきばんごう 座席番号
A 的座位／B 的座位	エー ざせきばんごう ビー ざせきばんごう Aの座席番号／Bの座席番号
靠走道	つうろがわ 通路側
靠窗	まどがわ 窓側
哪一邊	どちらですか
在哪裡	どこですか
找不到座位	せき み 席が見つかりません
請帶我去	あんない 案内してもらえませんか
再往前嗎	まっすぐですか
往回走嗎	もど 戻りますか
座位上有人	ざせき ほか ひと すわ 座席に他の人が座っています
這是我的座位	わたし せき ここは私の席ですが
坐錯位子了	せき まちが 席を間違えてしまいました
劃位	ざせきしてい 座席指定
電腦出問題嗎	そうさ コンピューターの操作ミスですか
座位的標示	ざせきばんごう ひょうじ 座席番号の標示
我看不懂	わかりません
應該是這一個座位	せき おも この席だと思います

實境應答

034

找座位、發現重複劃位…

A 排座位在哪一個走道？

Aの列は、どの通路ですか。

空服員 回應

是這一條走道。

こちらの通路でございます。

不好意思，這是我的座位。我的機票上寫的是這個號碼。

すみません、そこは私の席なんですが。私のチケットに書いてあるのは、この番号です。

座位上的旅客 回應

可是…我的機票上寫的也是這個號碼…

しかし、私のチケットに書いてあるのも、この番号ですよ。

麻煩你，我和另一位乘客的座位重複了…

すみません、私と他の方で、席が重複しているんですが。

空服員 回應

這是我們的劃位疏失，請您稍候。

座席指定のミスですね。少々お待ちください。

已幫您調整了座位，請坐這邊。

代わりの席をご用意いたしました。

こちらにお座りください。

空服員緊急安排新座位…

這是頭等艙嗎？

ここはファーストクラスですか。

空服員 回應

是的，這是頭等艙。請您坐這裡。

ええ、こちらはファーストクラスです。どうぞお座りください。

18

想換座位

即效溝通用語 —— 035

想更換	替(か)えてほしいです
座位	座席(ざせき)
其他座位	他(ほか)の席(せき)
空位	空席(くうせき)
客滿	満席(まんせき)
鄰座	隣(となり)の席(せき)
太吵	うるさいです
靠窗	窓側(まどがわ)
靠走道	通路側(つうろがわ)
想和朋友一起坐	友達(ともだち)と隣同士(となりどうし)で座(すわ)りたいです
能夠伸直雙腿的座位	足(あし)が伸(の)ばせる席(せき)
前面的座位	前(まえ)の席(せき)
後面的座位	後(うし)ろの席(せき)
中間的座位	真(ま)ん中(なか)の席(せき)
不想坐在…	…には座(すわ)りたくありません
緊急出口附近	非常口(ひじょうぐち)の近(ちか)く
廁所附近	トイレの近(ちか)く
機門附近	ドアの近(ちか)く
機翼附近	翼(つばさ)の近(ちか)く
機尾附近	最後尾付近(さいこうびふきん)

實境應答 036

鄰座太吵，要求換座位…

能幫我換座位嗎？

席(せき)を替(か)えてもらえませんか。

回應 怎麼了嗎？ どうかなさいましたか。

隔壁座位太吵了，我無法入睡。

隣(となり)がうるさすぎるので、寝(ね)られません。

回應 那麼，我試著去勸一下那位旅客。

→ では、まずその方(かた)に注意(ちゅうい)してみます。

麻煩你了。

お願(ねが)いします。

回應 好像是小孩子肚子痛。

→ お子様(こさま)がおなかが痛(いた)いようです。

我幫您準備其他位子。

他(ほか)の席(せき)をご用意(ようい)いたします。

空服員安排換座位

有沒有能夠清楚看到風景的靠窗座位？

景色(けしき)がよく見(み)える窓側(まどがわ)の席(せき)はありませんか。

回應 這個位子可以嗎？

→ こちらの席(せき)でよろしいでしょうか。

可以的，謝謝你。

はい。ありがとうございます。

19

機上餐飲

即效溝通用語

037

餐點	メニュー
有哪些餐點	どんなメニューがありますか
什麼時候開始用餐	食事(しょくじ)はいつからですか
牛肉	牛肉(ぎゅうにく)、ビーフ
雞肉	鶏肉(とりにく)、チキン
魚肉	魚(さかな)、フィッシュ
我不吃牛肉	牛肉(ぎゅうにく)は食(た)べません
請給我麵／請給我飯	麺(めん)をください／ご飯(はん)をください
素食餐	ベジタリアンミール
餐點有怪味	料理(りょうり)が変(へん)な臭(にお)いがします
想換一份	取(と)り替(か)えてもらえませんか
再給我一份	もう一人分(ひとりぶん)もらえませんか
餐盤可以收走了	トレーを下(さ)げてもらえませんか
我想要加熱	温(あたた)めてほしいんですが
飲料／含酒精的飲料	飲(の)み物(もの)／アルコール
紅酒／白酒	赤(あか)ワイン／白(しろ)ワイン
果汁／咖啡／熱茶	ジュース／コーヒー／お茶(ちゃ)
糖／奶精	砂糖(さとう)／ミルク
熱開水／冰開水	お湯(ゆ)／水(みず)
冰塊少一點	氷(こおり)は少(すく)なくしてください

實境應答

038

用餐時間，空服員準備發放餐點…

餐點有魚肉和雞肉，請問您要哪一種？

魚(さかな)と鶏肉(とりにく)がございます。どちらにいたしましょうか。

回應 兩者都是麵嗎？

→ どちらも麺類(めんるい)ですか。

都是麵嗎？

分別是照燒雞肉丼和鮭魚義大利麵。

チキン照(て)り焼(や)き丼(どん)とサーモンスパゲティでございます。

回應 我要一份照燒雞肉丼。

→ チキン照(て)り焼(や)き丼(どん)をください。

這是您的照燒雞肉丼，請用。

チキン照(て)り焼(や)き丼(どん)でございます。どうぞ。

回應 我想要一杯紅酒。

→ 赤(あか)ワインをもらえますか。

想喝紅酒

不好意思，紅酒正好倒完了，我稍後幫您送過來。

申(もう)し訳(わけ)ございません。ただ今(いま)赤(あか)ワインを切(き)らしております。後(のち)ほどお持(も)ちいたします。

回應 麻煩你了。

→ お願(ねが)いします。

20

機上購買免稅商品

即效溝通用語 039

我想要買…	…が買(か)いたいです
免稅商品	免税品(めんぜいひん)
什麼時候開始販賣	販売(はんばい)はいつ始(はじ)まりますか
型錄	カタログ
想看實物	実物(じつぶつ)が見(み)たいです
香水／化妝品	香水(こうすい)／化粧品(けしょうひん)
酒類	アルコール
限量商品	数量限定商品(すうりょうげんていしょうひん)
賣完了	完売(かんばい)しました
有試用品嗎	サンプルはありませんか
有這個品牌所做的贈品嗎	ノベルティはありますか
有送其他贈品嗎	プレゼントはありますか
航空公司會員卡	航空会社(こうくうがいしゃ)の会員(かいいん)カード
有折扣嗎	割引(わりびき)はありませんか
比機場賣的便宜嗎	空港(くうこう)よりも安(やす)いですか
要給你看護照嗎	パスポートを見(み)せなければなりませんか
請幫我包漂亮一點	きれいに包装(ほうそう)してください
如果商品有瑕疵的話…	もし、品物(しなもの)に問題(もんだい)があった場合(ばあい)は…
可以退貨嗎	返品(へんぴん)できますか
現金付款／信用卡付款	現金払(げんきんばら)い／カード払(ばら)い

實境應答 040

詢問免稅品折扣及其他…

有免稅商品的型錄嗎？

免税品(めんぜいひん)カタログはありますか。

回應 型錄放在您座位的置物袋中。

→ お座席(ざせき)のポケットに入(はい)っております。

什麼時候開始販售免稅商品？

免税品(めんぜいひん)の販売(はんばい)はいつ始(はじ)まりますか。

回應 大約1小時後開始。 あと1時間(いちじかん)ほどで始(はじ)まります。

機上賣的免稅品、和機場免稅店所賣的，哪一邊比較便宜？

免税品(めんぜいひん)の機内販売(きないはんばい)と、空港(くうこう)の免税店(めんぜいてん)とでは、どちらが安(やす)いんですか。

回應 這會視商品而定。

品物(しなもの)によります。

→ 有的機上賣的便宜，有的免稅店便宜。

機内販売(きないはんばい)の方(ほう)が安(やす)い場合(ばあい)もあれば、免税店(めんぜいてん)の方(ほう)が安(やす)い場合(ばあい)もあります。

航空公司的會員有打折嗎？

航空会社(こうくうがいしゃ)の会員(かいいん)は、割引(わりびき)がありますか。

回應 有的，會員打9折。

→ はい、会員(かいいん)の方(かた)は、10%(じゅっパーセント)の割引(わりびき)があります。

我要買這種酒。

このワインをください。

21

填寫入境卡

即效溝通用語

041

填寫	記入（きにゅう）
入境卡	出入国（しゅつにゅうこく）カード
請給我1張／2張	1枚（いちまい）ください／2枚（にまい）ください
請再給我1張	もう1枚（いちまい）ください
請借我…	…貸（か）してください
原子筆	ボールペン
我看不懂	わかりません
可以教我嗎	教（おし）えてもらえませんか
這是什麼意思	これはどんな意味（いみ）ですか
姓名	氏名（しめい）
國籍	国籍（こくせき）
出生年月日	生年月日（せいねんがっぴ）
住址	現住所（げんじゅうしょ）
職業	職業（しょくぎょう）
在日本的連絡地址	日本（にほん）の連絡先（れんらくさき）
護照號碼	旅券番号（りょけんばんごう）
班機號碼	航空機便名（こうくうきびんめい）
在日本的預定逗留時間	日本滞在予定期間（にほんたいざいよていきかん）
入境目的	渡航目的（とこうもくてき）
簽名	署名（しょうめい）

實境應答 042

索取入境卡、並詢問如何填寫…

我要兩張入境卡。

出入国カードを2枚ください。

回應 好的，這是您要的入境卡。

→ はい、どうぞ。

可以借我筆嗎？

ペンを貸してもらえますか。

回應 好的，請用。

→ はい、このペンをどうぞ。

可以教我如何填寫嗎？

記入のしかたを教えてもらえませんか。

回應 請填上您的姓名、國籍、護照號碼、住址、在日本的連絡地址、入境目的。

→ 氏名、国籍、旅券番号、現住所、日本の連絡先、渡航目的をご記入ください。

在日本的連絡地址可以寫飯店地址嗎？

日本の連絡先というのは、ホテルの住所でいいんですか。

回應 可以的，寫飯店地址就可以了。

→ はい。ホテルの住所でけっこうです。

寫飯店地址

22

機上設施有問題

即效溝通用語

043

耳機	ヘッドホン
耳機沒有聲音	ヘッドホンから音(おと)が出(で)ません
新的耳機	新(あたら)しいヘッドホン
耳機插孔	ヘッドホン端子(たんし)
音量	音量(おんりょう)
怎麼調整	どうやって調整(ちょうせい)しますか
電視頻道	ビデオのチャンネル
這個東西怎麼使用	これはどうやって使(つか)いますか
閱讀燈	読書灯(どくしょとう)
閱讀燈不會亮	読書灯(どくしょとう)がつきません
腳踏墊	フットレスト
無法豎直椅背	座席(ざせき)が戻(もど)りません
無法放下椅背	座席(ざせき)がリクライニングしません
餐桌收不回去	テーブルが戻(もど)りません
安全帶扣不起來	安全(あんぜん)ベルトがはまりません
安全帶打不開	安全(あんぜん)ベルトが外(はず)れません
廁所	トイレ
門打不開	ドアが開(あ)きません
門無法上鎖	ドアの鍵(かぎ)が掛(か)かりません
水龍頭沒有水	蛇口(じゃぐち)から水(みず)が出(で)ません

實境應答

044

閱讀燈不亮，向空服員反應…

閱讀燈不會亮…

読書灯（どくしょとう）がつかないんですが。

回應

一整排都沒有燈光嗎？

→ 一列全部（いちれつぜんぶ）つかないんですか。

是的，一整排都沒亮。

はい、そうです。

回應

我們會查明原因，請您稍候。

→ 原因（げんいん）をお調（しら）べいたしますので、少々（しょうしょう）お待（ま）ちください。

已經重新開啟機艙電源了，可以請您確認一下有沒有燈光嗎？

重新開啟電源

客室（きゃくしつ）の電源（でんげん）をリセットいたしました。これでつくかどうか、確認（かくにん）していただけませんか。

嗯，燈亮了。可以順便幫我調整閱讀燈的方向嗎？

はい、つくようになりました。ついでに、読書灯（どくしょとう）の方向（ほうこう）を調整（ちょうせい）してもらえませんか。

回應

偏右一點可以嗎？

→ もっと右側（みぎがわ）がよろしいでしょうか。

這樣可以嗎？

これでどうでしょうか。

這樣剛剛好，謝謝你。

ちょうどいいです。ありがとうございます。

23

需要空服員協助

即效溝通用語

045

會說中文嗎	中国語（ちゅうごくご）が話（はな）せますか
空服員	客室乗務員（きゃくしつじょうむいん）、フライトアテンダント
請幫我…	…してください
請給我…	…をください
請告訴我…	…を教（おし）えてください
請教我…	…を教（おし）えてください
飲料想續杯	飲（の）み物（もの）のお代（か）わりがほしいです
個人行李	手荷物（てにもつ）（會話中常省略為：荷物（にもつ））
上方的置物櫃	頭上（ずじょう）の収納（しゅうのう）スペース
把行李放上去	手荷物（てにもつ）を上（あ）げます
置物櫃無法關上	収納（しゅうのう）スペースのふたが閉（し）まりません
置物櫃都放滿了	収納（しゅうのう）スペースがいっぱいになりました
請幫我放下椅背	座席（ざせき）をリクライニングさせてください
請幫我豎直椅背	座席（ざせき）を戻（もど）してください
請收走餐盤	トレーを下（さ）げてください
請幫我解開安全帶	安全（あんぜん）ベルトを外（はず）してください
請幫我顧小孩	子供（こども）を見（み）ていてください
鄰座乘客太吵	隣（となり）の人（ひと）がうるさいです
我想換座位	他（ほか）の席（せき）に替（か）わりたいです
洗手間在哪裡	トイレはどこですか

實境應答 046

後座乘客很吵，請空服員去協調…

後面的乘客很吵，能不能請他們安靜一點？

後(うし)ろの人(ひと)がうるさいんですが、静(しず)かにするように言(い)ってもらえませんか。

回應　好的，我會去勸勸他們。

→ かしこまりました。こちらから注意(ちゅうい)いたします。

他們又開始吵了，請嚴厲地警告他們。

また騒(さわ)ぎ始(はじ)めましたよ。きつく言(い)ってもらえませんか。

回應　好的，我再去勸勸他們。

→ わかりました。もう一度(いちど)注意(ちゅうい)いたします。

過了10分鐘之後…

好像沒什麼效果嘛，還是很吵。

あまり効果(こうか)がありませんね。まだ騒(さわ)いでいます。

回應　那麼，我請他們移到最後面的座位。

→ では、最後尾(さいこうび)の席(せき)に移動(いどう)していただくよう、こちらからお願(ねが)いいたします。

麻煩你處理。

お願(ねが)いします。

回應　已經請喧鬧的乘客移到最後面的座位了。

→ 騒(さわ)いでいたお客様(きゃくさま)には、最後尾(さいこうび)の席(せき)に移動(いどう)していただきました。

24

在機上需要…物品

即效溝通用語 047

請給我…	…をください
請給我1條／2條毯子	ブランケットを1枚(いちまい)／2枚(にまい)
請給我1個／2個枕頭	枕(まくら)を1(ひと)つ／2(ふた)つ
請給我1副／2副眼罩	アイマスクを1(ひと)つ／2(ふた)つ
請給我1副／2副撲克牌	トランプを1(ひと)つ／2(ふた)つ
請給我1條／2條熱毛巾	蒸(む)しタオルを1枚(いちまい)／2枚(にまい)
新的耳機	新(あたら)しいヘッドホン
拖鞋	スリッパ
暈機藥	酔(よ)い止(ど)めの薬(くすり)
嘔吐袋	エチケット袋(ぶくろ)
入境卡	出入国(しゅつにゅうこく)カード
原子筆	ボールペン
熱開水	お湯(ゆ)
溫開水	ぬるま湯(ゆ)
冰開水	水(みず)
今天的報紙	今日(きょう)の新聞(しんぶん)
有其他報嗎	他(ほか)の新聞(しんぶん)はありませんか
報紙都發完了	新聞(しんぶん)はもう残(のこ)っておりません
中文雜誌／日文雜誌	中国語(ちゅうごくご)の雑誌(ざっし)／日本語(にほんご)の雑誌(ざっし)
機上不提供雜誌	雑誌(ざっし)のサービスはございません

實境應答 048

向空服員索取報紙…

可以給我一份報紙嗎？

新聞(しんぶん)を持(も)ってきてもらえますか。

回應

我們有中文和日文的報紙，您需要哪一種？

→ 中国語(ちゅうごくご)と日本語(にほんご)の新聞(しんぶん)がありますが、どちらにいたしますか。

請給我中文報紙。

中国語(ちゅうごくご)の新聞(しんぶん)をお願(ねが)いします。

回應

中文報紙有「中國時報」和「蘋果日報」。

→ 中国語(ちゅうごくご)の新聞(しんぶん)でしたら、中国時報(ちゅうごくじほう)とアップルデイリーがございます。

有兩種中文報紙

請給我蘋果日報。我還要一個耳塞。

アップルデイリーを持(も)ってきてください。それと、耳栓(みみせん)をもらえませんか。

回應

好的，我來準備。

→ かしこまりました。

這是您要的報紙和耳塞。

新聞(しんぶん)と耳栓(みみせん)をお持(も)ちいたしました。どうぞ。

謝謝你。

ありがとうございます。

25

在機上身體突然不舒服

即效溝通用語 049

暈機	飛行機(ひこうき)酔(よ)い
請給我…	…をください
暈機藥	酔(よ)い止(ど)めの薬(くすり)
開水	水(みず)
想吐	吐(は)き気(け)がします
嘔吐袋	エチケット袋(ぶくろ)
身體不舒服	体調(たいちょう)が悪(わる)いです
臉色發白	顔色(かおいろ)が悪(わる)いです
覺得冷	寒気(さむけ)がします
覺得全身發冷	全身(ぜんしん)がぞくぞくします
感覺缺氧	酸欠(さんけつ)のようです
喘不過氣	息切(いきぎ)れします
氧氣罩	酸素(さんそ)マスク
耳鳴	耳鳴(みみな)り
頭痛／胃痛	頭(あたま)が痛(いた)いです／胃(い)が痛(いた)いです
止痛藥	痛(いた)み止(ど)め
胃藥	胃薬(いぐすり)
全身無力	体(からだ)に力(ちから)が入(はい)りません
心臟不舒服	心臓(しんぞう)の不調(ふちょう)
腳抽筋	足(あし)がつっています

實境應答 050

暈機了，請空服員提供止痛藥…

我暈機了，頭很痛，有止痛藥嗎？

飛行機酔いしてしまいました。頭が痛いんですが、薬はありませんか。

回應

我拿藥給您，請您稍候。

→ 薬を持ってまいりますので、少々お待ちください。

請服用這個。

どうぞ、これをお飲みください。

服用空服員提供的藥之後…

謝謝你。我可以躺下來嗎？

ありがとうございます。横にならせてもらえませんか。

回應

請躺在這邊的空位休息。

→ こちらの空席で横になってお休みください。

您覺得舒服一點了嗎？

気分のほうは、少しはよくなりましたでしょうか。

我覺得有一點噁心。

吐き気がします。

回應

座位的置物袋中有嘔吐袋，您可以拿出來使用。

→ お座席のポケットに、エチケット袋が入っておりますので、ご使用ください。

取用嘔吐袋

26

提領行李

即效溝通用語 051

提領行李	（手(て)）荷物(にもつ)の受(う)け取(と)り
行李箱	スーツケース
行李提領區	手荷物引渡場(てにもつひきわたしじょう)
行李轉台	ターンテーブル
幾號轉台	何番(なんばん)のターンテーブルですか
行李轉台顯示器	ターンテーブルの到着便表示(とうちゃくびんひょうじ)
行李還沒出來	荷物(にもつ)がまだ出(で)てきません
要等多久	どのくらい待(ま)ちますか
所有行李	すべての荷物(にもつ)
都出來了嗎	出終(でお)わりましたか
您有幾件行李	お荷物(にもつ)はいくつございますか
行李出現的順序	荷物(にもつ)の出(で)てくる順番(じゅんばん)
是依照航班嗎	便(びん)ごとですか
是依照艙等嗎	座席(ざせき)クラスごとですか
是依照劃位的順序嗎	座席指定(ざせきしてい)の順番(じゅんばん)ですか
行李推車	手荷物(てにもつ)カート
可以幫一下忙嗎	手伝(てつだ)ってもらえませんか
想把行李搬下轉台	荷物(にもつ)をターンテーブルから下(お)ろしたいです
拿錯行李	荷物(にもつ)を間違(まちが)えました
找不到行李	荷物(にもつ)が見(み)つかりません

實境應答 052

找行李推車、有人拿錯我的行李…

請問 BL 421 班機的行李，在哪裡提領？

ビーエルよんにいちびん　にもつ　う　と
B L 4 2 1 便の荷物の受け取りは、どこですか。

服務人員 回應 請在 4 號轉台領取。

よんばん　う　と
→ 4 番のターンテーブルでの受け取りでございます。

請問一下，我的行李還沒出來…

わたし　にもつ　で
すみません。私の荷物が出てこないんですが。

服務人員 回應 行李已經全數送出了。

てにもつ　でお
→ 手荷物はもう、すべて出終わりましたが。

可能有其他旅客拿錯了。

にもつ　と　まちが　し
荷物の取り間違えかも知れません。

不好意思，那是我的行李。

にもつ　わたし
すみません。その荷物は私のですが。

拿錯行李的旅客 回應 抱歉，實在太像了，所以我拿錯了。

しつれい　に
→ 失礼しました。よく似ているので、

まちが
間違えました。

太相似…
所以拿錯

請問行李推車在哪裡？

てにもつ
手荷物カートはどこにありますか。

服務人員 回應 在那根柱子後面。

はしら　うし
→ あの柱の後ろにございます。

27

遺失行李

即效溝通用語

053

行李掛失申報服務處	手荷物(てにもつ)サービスカウンター
報失個人行李	手荷物遅延(てにもつちえん)の申(もう)し出(で)
找不到	見(み)つかりません
個人行李	手荷物(てにもつ)（會話中常省略為：荷物(にもつ)）
…遺失了	…がなくなりました
您有幾件行李	お荷物(にもつ)はいくつございますか
遺失１件行李／2件行李	見(み)つからない荷物(にもつ)は１つ(ひと)／２つ(ふた)
行李箱	スーツケース
旅行袋	ボストンバッグ
背包	バックパック
行李條	クレームタグ
請幫我找行李	荷物(にもつ)を探(さが)してください
如果找到了	見(み)つかったら
請和我連絡	連絡(れんらく)してくれますか
電話	電話(でんわ)
請幫我寄到…	…に送(おく)ってください
停留地點的地址	滞在先住所(たいざいさきじゅうしょ)
大約什麼時候呢	いつごろですか
如果找不到	もし見(み)つからなければ
如何賠償	どのような補償(ほしょう)が受(う)けられますか

實境應答 054

在行李掛失申報服務處…

我的行李沒有送出來…

私(わたし)の荷物(にもつ)が出(で)てこないんですが。

回應 行李已經全數送出了。

→ 荷物(にもつ)はすべて出終(でお)わりました。

請問您的行李是什麼樣子？

どのようなお荷物(にもつ)でしょうか。

行李什麼樣子？

灰色、長方形、大約這樣大小的包包。

灰色(はいいろ)で長方形(ちょうほうけい)の、このぐらいの大(おお)きさのバッグです。

回應 您有行李條嗎？ クレームタグは、ございますか。

有的，這是我的行李條。

はい。これがクレームタグです。

回應 一找到我們就會和您連絡。

→ 見(み)つかり次第(しだい)、ご連絡(れんらく)いたします。

您知道停留地點的電話嗎？

滞在先(たいざいさき)の電話番号(でんわばんごう)は、わかりますか。

一找到就連絡

停留地點的電話是 03 - 2215 - 9075。可以把行李送到飯店給我嗎？

はい。０３-２２１５-９０７５(ゼロさんにいちごきゅうゼロななご)です。荷物(にもつ)はホテルまで届(とど)けてくれますか。

回應 好的，我們會送到飯店。

→ はい。ホテルまでお届(とど)けいたします。

28

行李、隨身物品遺留在飛機上

即效溝通用語 055

個人行李	手荷物（會話中常省略為：荷物）
…遺忘在飛機上	…を機内に忘れてしまいました
錢包／相機／手錶	財布／カメラ／腕時計
貴重物品	貴重品
請幫我尋找…	…を探してもらえませんか
我可以回飛機上找嗎	飛行機に探しに戻ってもいいですか
能請航空公司的人幫我找一下嗎	航空会社の方に探しに行ってもらえませんか
這是我的護照	これは私のパスポートです
這是我的登機證	これは私の搭乗券です
應該是在座位（上／下）	座席の（上／下）にあると思います
行李在上方置物櫃內	荷物は上の荷物収納スペースにあります
東西遺忘在廁所的洗手台上	忘れ物はトイレの洗面台にあります
找到了嗎	ありましたか
沒有找到嗎	ありませんでしたか
失物招領詢問處	遺失物センター
辦理失物招領	紛失届を出します
找到的話	見つかったら
請通知我	連絡してもらえますか
可以寄給我嗎	送ってもらえますか

實境應答 056

遺忘相機在機艙，請服務人員協助…

我把相機遺忘在飛機上了…

カメラを機内(きない)に忘(わす)れてきてしまったんですが。

回應

請讓我看一下您的登機證。

→ 搭乗券(とうじょうけん)をお見(み)せいただけますか。

請問您遺忘在機艙內的什麼地方？

機内(きない)のどこにお忘(わす)れになりましたか。

遺忘在哪裡？

我遺忘在座位上。

座席(ざせき)です。

回應

服務人員去拿了，請您在這裡稍候。

→ 係(かか)りの者(もの)が取(と)りに行(い)きますので、こちらでお待(ま)ちください。

在您的座位找到一台相機。

お座席(ざせき)にカメラがありました。

確認相機廠牌

為了慎重確認，請告訴我您的相機廠牌。

念(ねん)のため、カメラのメーカーをお教(おし)えください。

相機廠牌是 CANON。

カメラのメーカーは、CANON(キャノン)です。

回應

這台應該就是您的相機。

→ こちらは、お客様(きゃくさま)のカメラで間違(まちが)いないようです。

謝謝你。

ありがとうございます。

29

描述遺失行李的外觀

即效溝通用語 057

個人行李	手荷物(てにもつ)（會話中常省略為：荷物(にもつ)）
總共２件／３件行李	荷物(にもつ)は全部(ぜんぶ)で２つ(ふた)／３つ(みっ)
皮箱	トランク
行李箱	スーツケース
旅行袋	ボストンバッグ
打包好的紙箱	段(だん)ボール箱(ばこ)
（行李箱的）材質／顏色	（スーツケースの）材質(ざいしつ)／色(いろ)
（行李箱的）形狀／大小	（スーツケースの）形(かたち)／大(おお)きさ
（行李箱的）高度／寬度	（スーツケースの）高(たか)さ／幅(はば)
（行李箱的）特徵	（スーツケースの）特徴(とくちょう)
皮質／布面	皮(かわ)／布(ぬの)
塑膠／尼龍布面	プラスチック／ナイロン生地(きじ)
硬殼的行李箱	ハードタイプのスーツケース
方形的行李箱	角型(かくがた)のスーツケース
黑色	黒(くろ)、ブラック
咖啡色	茶色(ちゃいろ)、ブラウン
銀色	銀色(ぎんいろ)、シルバー
行李吊牌	荷物(にもつ)タグ
有寫著…	…と書(か)いてあります
姓名／電話／停留地點的地址	名前(なまえ)／電話番号(でんわばんごう)／滞在先(たいざいさき)住所(じゅうしょ)

實境應答 058

一件行李沒人領取，但不是我的…

我的行李箱沒有出來…

私(わたし)のスーツケースが出(で)てこないんですが。

回應

是什麼顏色、形狀、大約多大呢？

→ 何色(なにいろ)でどのような形(かたち)で、どのぐらいの大(おお)きさのものですか。

黑色、長方形，大約是這樣的大小。

黒(くろ)で長方形(ちょうほうけい)で、このぐらいの大(おお)きさです。

回應

還有一件行李沒人領取，是這個嗎？

→ お客様(きゃくさま)がまだ取(と)りに来(こ)られない荷物(にもつ)が1つ(ひと)あります。これでしょうか。

不是那件，那不是我的行李箱。

いいえ、私(わたし)のスーツケースはそれではありません。

回應

行李已經全數送出了。

→ 荷物(にもつ)はすべて出終(でお)わりました。

也許是其他旅客拿錯了。

他(ほか)のお客様(きゃくさま)が間違(まちが)えて持(も)って行(い)かれたのかもしれません。

我會和這件行李的主人連絡看看。

この荷物(にもつ)の持(も)ち主(ぬし)に連絡(れんらく)を取(と)ってみます。

能否請您留下停留地點的電話號碼？

滞在先(たいざいさき)のお電話番号(でんわばんごう)をいただけませんか。

我的電話是02-45……，麻煩你了。

0 2-4 5(ゼロに よんご)……です。よろしくお願(ねが)いいたします。

30

轉機

即效溝通用語 059

搭乘	搭乗（とうじょう）
轉機	乗（の）り継（つ）ぎ
轉機櫃檯	乗（の）り継（つ）ぎカウンター
在哪裡轉機	どこで乗（の）り継（つ）ぎになりますか
辦理手續	手続（てつづ）きをします
重新辦理報到	再度（さいど）チェックインします
轉機的登機證	乗（の）り継（つ）ぎ用（よう）の搭乗券（とうじょうけん）
會給我轉機的登機證嗎	乗（の）り継（つ）ぎ用（よう）の搭乗券（とうじょうけん）を受（う）け取（と）れますか
行李會怎麼辦	荷物（にもつ）はどうなりますか
行李也跟著轉機嗎	荷物（にもつ）は、乗（の）り継（つ）ぎ空港（くうこう）で積（つ）み替（か）えてもらえますか
帶上機的隨身行李	持（も）ち込（こ）み手荷物（てにもつ）
如何處理	どうしますか
自行攜帶	自分（じぶん）で運（はこ）びます
什麼時候	いつですか
再次登機	乗（の）り換（か）えの便（びん）の搭乗（とうじょう）
起飛前的 30 分鐘	出発（しゅっぱつ）の３０分前（さんじゅっぷんまえ）
會廣播搭機訊息嗎	案内（あんない）アナウンスがありますか
要等多久	どのくらい待（ま）ちますか
怎麼到轉乘班機	乗（の）り換（か）えの便（びん）までの移動手段（いどうしゅだん）は何（なん）ですか
幾號登機門	何番（なんばん）ゲートですか

實境應答 060

詢問空服員轉機問題…

轉機航班什麼時候起飛？

乗り継ぎの便の出発時間は何時ですか。

回應 轉機航班的起飛時間是下午 3 點 15 分。

→ 乗り継ぎの便の出発時間は、午後３時１５分です。

轉機時必須重新辦理報到嗎？

乗り継ぎの時には、再度チェックインしなければなりませんか。

回應 是的。請您到轉機櫃檯重新辦理報到。

→ はい。乗り継ぎカウンターで、再度チェックインしてください。

轉機櫃檯在哪裡？

乗り継ぎカウンターはどこにありますか。

回應 下飛機之後往前直走，第一個轉角右轉就能看到轉機櫃檯。

→ 飛行機を降りて、通路をまっすぐ進み、一つ目の角を右に曲がった所にございます。

在轉機機場會拿到轉機登機證嗎？

乗り継ぎ空港で、乗り継ぎ用の搭乗券が発行されますか。

回應 是的，辦理轉機手續時，會給您轉機登機證。

→ はい。乗り継ぎ手続きの時に、乗り継ぎ用の搭乗券が発行されます。

31 過境

即效溝通用語

061

過境	トランジット
會在哪裡過境	どこでトランジットしますか
過境室	トランジットルーム
我想去過境室	トランジットルームに行(い)きたいです
過境室在哪裡	トランジットルームは、どこにありますか
要出示護照和登機證嗎	パスポートや搭乗券(とうじょうけん)などを提示(ていじ)しなければなりませんか
過境會停留多久	トランジットで、どのくらい待(ま)ちますか
過境2小時／3小時	2時間(にじかん)／3時間(さんじかん)のトランジット
要下飛機嗎	飛行機(ひこうき)を降(お)りなければなりませんか
可以下飛機嗎	飛行機(ひこうき)を降(お)りてもいいですか
我要在飛機上等候	機内(きない)で待(ま)ちます
什麼時候	いつですか
再次起飛	出発(しゅっぱつ)
再次登機	再搭乗(さいとうじょう)
幾號登機門	何番(なんばん)の搭乗(とうじょう)ゲート
帶上機的隨身行李	持(も)ち込(こ)み手荷物(てにもつ)
如何處理	どうしますか
帶下飛機	持(も)って飛行機(ひこうき)を降(お)ります
放在機上	置(お)いて飛行機(ひこうき)を降(お)ります
會廣播搭機訊息嗎	案内(あんない)アナウンスがありますか

實境應答

062

詢問空服員過境問題…

這班飛機會在哪裡過境？

この便(びん)は、どこでトランジットしますか。

回應 這班飛機會在曼谷過境。

→ この便(びん)は、バンコクでトランジットいたします。

過境會停留過久？

トランジットでどのくらい止(と)まりますか。

回應 過境會停留３個小時。

→ トランジットで３時間(さんじかん)止(と)まります。

過境時可以在機上等待嗎？

トランジット時(じ)は、機内(きない)で待(ま)つことはできますか。

回應 不可以的，因為我們要進行機內清潔，所以乘客不能留在飛機上。

→ いいえ、機内清掃(きないせいそう)がありますので、機内(きない)に残(のこ)ることはできません。

不能留在機上

過境時可以入境嗎？

トランジット時(じ)は、入国(にゅうこく)できますか。

回應 可以的，只要辦妥入境手續就能入境。

→ はい。入国手続(にゅうこくてつづ)きをされれば、入国(にゅうこく)もできます。

32

入境審查

即效溝通用語

063

入境審查櫃檯	入国審査カウンター（にゅうこくしんさ）
採驗指紋	指紋読み取り（しもんよ　と）
拍攝臉部照片	顔写真の撮影（かおじゃしん　さつえい）
護照	パスポート
入境卡	出入国カード（しゅつにゅうこく）
攜帶物品、後送行李申報表	携帯品・別送品申告書（けいたいひん　べっそうひんしんこくしょ）
入境目的	入国の目的（にゅうこく　もくてき）
觀光／留學／就讀語言學校	観光／留学／就学（かんこう　りゅうがく　しゅうがく）
洽公／出差	商用／出張（しょうよう　しゅっちょう）
探親	親族訪問（しんぞくほうもん）
打算	予定（よてい）
停留時間	滞在期間（たいざいきかん）
1周／1個月	1週間／1ヶ月（いっしゅうかん　いっかげつ）
最多3個月	3ヶ月まで（さんかげつ）
停留地點的地址	滞在先住所（たいざいさきじゅうしょ）
投宿飯店	滞在するホテル（たいざい）
請填寫…	…を記入してください（きにゅう）
本地朋友的家／親戚家	日本人の友人宅／親戚宅（にほんじん　ゆうじんたく　しんせきたく）
第一次出國	初めての海外旅行（はじ　かいがいりょこう）
和…同行	…も一緒です（いっしょ）

實境應答

064

抵達日本，接受入境審查詢問…

你來日本的目的是什麼？

入国(にゅうこく)の目的(もくてき)は何(なん)ですか。

回應 我是來觀光的。

→ 観光(かんこう)です。

你一個人來日本嗎？

お一人(ひとり)での滞在(たいざい)ですか。

回應 是的，我一個人來的。 はい、私(わたし)一人(ひとり)での滞在(たいざい)です。

在日本是住飯店嗎？

滞在先(たいざいさき)はホテルですか。

回應 是的，我住飯店。

→ はい、ホテルに滞在(たいざい)します。

住飯店

那麼，請在這裡寫上飯店地址。你預定停留多久？

でしたら、そのホテルの所在地(しょざいち)を、ここに記入(きにゅう)してください。

どのくらい滞在(たいざい)する予定(よてい)ですか。

回應 2 個月。

→ 2ヶ月(にかげつ)です。

好的，沒問題了。

わかりました。けっこうです。

33

證照有問題

即效溝通用語 065

護照　パスポート

簽證　ビザ

居留證　外国人登録証（がいこくじんとうろくしょう）

有效期限　有効期限（ゆうこうきげん）

過期　過（す）ぎています

快到期　もうすぐ切（き）れます

遺失了　なくしてしまいました

破損　損傷（そんしょう）

缺頁　ページの欠落（けつらく）

照片不合規定　写真（しゃしん）が規定（きてい）に合（あ）っていません

照片與本人有差異　写真（しゃしん）と本人（ほんにん）の顔（かお）が一致（いっち）しません

簽名　サイン

字跡模糊　サインがはっきりわかりません

隨意塗改　落書（らくが）き

無效　無効（むこう）

重新辦理　再申請（さいしんせい）

無法出境　出国（しゅっこく）できません

無法入境　入国（にゅうこく）できません

現在要如何處理　どうすればいいですか

入國管理局　入国管理局（にゅうこくかんりきょく）

實境應答 066

查驗護照、並補簽名…

你的護照有效期限不到 6 個月，這樣無法入境。

パスポートの残(のこ)りの有効期間(ゆうこうきかん)が、6ヶ月(ろっかげつ)を切(き)っています。これでは入国(にゅうこく)できません。

回應 我還有一本，在這裡。

→ もう1(ひと)つパスポートがあるんです。これです。

拿出另一本護照

護照上的照片跟你本人不太像…

パスポートの写真(しゃしん)が、本人(ほんにん)に似(に)ていませんね。

回應 因為現在的髮型，和護照照片不一樣。

→ パスポートの写真(しゃしん)と、髪型(かみがた)が違(ちが)いますから。

新護照沒有簽名，請補上。

パスポートにサインがありません。サインしてください。

回應 這樣可以嗎。

→ これでいいですか。

入境卡的簽名也不太清楚，請再簽一次。

出入国(しゅつにゅうこく)カードのサインもわかりにくいです。もう一度(いちど)サインしてください。

回應 是簽在這裡嗎？

→ ここに書(か)くんですか。

是的，請寫清楚。

ええ。わかりやすく書(か)いてください。

34

出機場的轉乘工具

即效溝通用語 067

機場	空港
機場周邊	空港の周辺
有哪些交通工具	どんな交通機関がありますか
巴士／地下鐵／電車	バス／地下鉄／電車
接駁巴士	シャトルバス
計程車	タクシー
計程車招呼站	タクシー乗り場
計程車的起跳價格是多少	タクシーの初乗り運賃はいくらですか
我要到…飯店	…ホテルまでお願いします
我要到這個地址	この住所の場所までお願いします
從機場如何到這個飯店	空港からこのホテルへはどう行きますか
從機場到飯店要多久	空港からホテルまでどのくらい時間がかかりますか
從機場到市區最快的方式	空港から市内まで一番早い交通機関
會經過…飯店嗎	…ホテルの前を通りますか
會去…嗎	…に行きますか
最近的巴士站在哪裡	一番近いバス乗り場はどこですか
巴士多久來一班	バスは何分に1本ありますか
要在哪裡購票	チケットはどこで買いますか
要在哪裡等車	どこで待ちますか
巴士來了嗎	バスが来ましたか

實境應答

068

在機場轉搭電車…

我想到成田市區，請問該怎麼去？

成田市内(なりたしない)まで行(い)きたいんですが、どうやって行(い)けばいいですか。

回應

有電車從機場發車。

→ 空港(くうこう)から電車(でんしゃ)が出(で)ています。

搭上電車後，在成田車站下車。

その電車(でんしゃ)に乗(の)って、成田駅(なりたえき)で降(お)りてください。

搭乘任何電車都能抵達嗎？

どの電車(でんしゃ)に乗(の)っても、行(い)けますか。

回應

是的，JR、京成電鐵的普通車和特快車都有發車。

→ はい。ＪＲ(ジェイアール)と京成電鉄(けいせいでんてつ)の普通電車(ふつうでんしゃ)と特急電車(とっきゅうでんしゃ)が出(で)ています。

不論搭哪一線都能抵達。

どれに乗(の)っても行(い)けます。

任何線都能抵達

在哪裡搭乘電車？

電車(でんしゃ)はどこから乗(の)りますか。

回應

可以在機場的地下樓層搭電車。

→ 空港(くうこう)の地下(ちか)から電車(でんしゃ)に乗(の)れます。

會直達成田嗎？

成田(なりた)までは直通(ちょくつう)ですか。

回應

是的，第2站就是成田車站。

→ はい。2つ目(ふたつめ)の駅(えき)が、成田駅(なりたえき)です。

35 預訂飯店

即效溝通用語

069

飯店	ホテル
我想預訂房間	宿泊(しゅくはく)を予約(よやく)したいです
明天晚上	明日(あした)の晩(ばん)
(投宿)1晚/2晚	1晩(ひとばん)/2晩(ふたばん)
1個房間/2個房間	1部屋(ひとへや)/2部屋(ふたへや)
有空房嗎	空室(くうしつ)がありますか
客滿了嗎	満室(まんしつ)ですか
單人房	シングルルーム
一張大床的雙人房	ダブルルーム
兩張小床的雙人房	ツインルーム
房價多少	客室料金(きゃくしつりょうきん)はいくらですか
房間可以保留到幾點	客室(きゃくしつ)は何時(なんじ)まで取(と)り置(お)きしてもらえますか
有附早餐嗎	朝食(ちょうしょく)は付(つ)いていますか
有優惠方案嗎	お得(とく)なプランはありませんか
幾點開始辦理入住	チェックインは何時(なんじ)からですか
最晚幾點之前要退房	チェックアウトは何時(なんじ)までですか
需要再次確認嗎	リコンファームが必要(ひつよう)ですか
要付訂金嗎	申込金(もうしこみきん)が必要(ひつよう)ですか
取消訂房	宿泊予約(しゅくはくよやく)キャンセル
會退還訂金嗎	申込金(もうしこみきん)は払(はら)い戻(もど)されますか

實境應答 070

打電話預訂房間…

我想預訂房間。

宿泊(しゅくはく)の予約(よやく)をしたいんですが。

回應 請問您要預約什麼時候的房間？

→ いつの宿泊(しゅくはく)をご予約(よやく)されますか。

我要訂下星期一晚上。

来週(らいしゅう)の月曜日(げつようび)の夜(よる)です。

回應 我們有單人房、一張大床的雙人房、兩張小床的雙人房，請問您要哪一種房間？

→ お部屋(へや)はシングル、ダブル、ツインがありますが、どのタイプになさいますか。

要哪一種房間？

請給我一張大床的雙人房。

ダブルでお願(ねが)いします。

回應 請問您的大名。お客様(きゃくさま)のお名前(なまえ)をお願(ねが)いします。

我的名字是陳大明。
請問幾點入住？最晚幾點退房？

陳大明(チェンダーミン)と申(もう)します。

チェックインは何時(なんじ)からで、チェックアウトは何時(なんじ)までですか。

回應 下午 4 點後可以入住，上午 10 點前要退房。

→ チェックインは午後4時(ごごよじ)からで、チェックアウトは午前10(ごぜんじゅう)時(じ)までとなっております。

36

想住…樣的房間

即效溝通用語 071

我想要（一間…）	…をお願(ねが)いします
單人房	シングルルーム
一張大床的雙人房	ダブルルーム
兩張小床的雙人房	ツインルーム
視野好	眺(なが)めがいい
採光好	日(ひ)当(あ)たりがいい
安靜的	静(しず)かな
看得見海的	海(うみ)が見(み)える
高樓層	上(うえ)の方(ほう)の階(かい)
10樓以上的樓層	10階(じゅっかい)よりも上(うえ)の階(かい)
靠近電梯口的房間	エレベーターの近(ちか)くの部屋(へや)
不要靠近電梯口的房間	エレベーターの近(ちか)くではない部屋(へや)
靠近安全門的房間	非常口(ひじょうぐち)の近(ちか)くの部屋(へや)
總統套房	プレジデンシャルスイート
兩間相鄰的房間	隣同士(となりどうし)の部屋(へや)
4人／6人的家庭套房	4人(よにん)／6人用(ろくにんよう)のファミリースイート
有小客廳的房間	リビングのある部屋(へや)
衛浴分離的房間	トイレとバスが別(べつ)になっている部屋(へや)
女性專用樓層	女性専用(じょせいせんよう)フロア
禁菸樓層	禁煙(きんえん)フロア

實境應答 072

選擇房型、樓層…

我要一間雙人房。

2人(ふたり)で泊(と)まれる部屋(へや)をお願(ねが)いします。

回應

→ 您要兩張小床的雙人房？

ツインになさいますか。

還是要一張大床的雙人房？

それとも、ダブルになさいますか。

我要兩張小床的雙人房。可以幫我安排在女性專用樓層嗎？

ツインにします。女性専用(じょせいせんよう)フロアにしてもらえますか。

回應

→ 女性專用樓層都客滿了。

女性専用(じょせいせんよう)フロアには、空(あ)き部屋(べや)がございません。

一般樓層的客房可以嗎。

男女共用(だんじょきょうよう)のフロアでもよろしいでしょうか。

一般樓層可以嗎？

那我要離電梯遠一點的房間。

エレベーターから遠(とお)い部屋(へや)にしてください。

回應

→ 請您稍待一下。

少々(しょうしょう)お待(ま)ちください。

這兩個樓層有空房

3樓和15樓有空房。

3階(さんがい)と15階(じゅうごかい)に空(あ)き部屋(べや)がございます。

您要哪一個樓層？

どちらになさいますか。

我要15樓的房間。

15階(じゅうごかい)にします。

37

詢問房價與優惠

即效溝通用語

073

房價表	客室料金表（きゃくしつりょうきんひょう）
住一晚多少錢	1泊（いっぱく）いくらですか
是1個人的價格嗎	1人（ひとり）あたりの料金（りょうきん）ですか
是1間房間的價格嗎	1室（いっしつ）あたりの料金（りょうきん）ですか
續住有優惠嗎	連泊（れんぱく）すると、何（なに）か特典（とくてん）がありますか
假日	休日（きゅうじつ）
非假日	平日（へいじつ）
淡季	閑散期（かんさんき）
旺季	繁忙期（はんぼうき）
預約訂房	宿泊予約（しゅくはくよやく）
網路訂房	ウェブ宿泊予約（しゅくはくよやく）
有折扣嗎	割引（わりびき）がありますか
有優惠活動嗎	キャンペーンをしていますか
有附早餐嗎	朝食（ちょうしょく）は付（つ）いていますか
有附晚餐嗎	夕食（ゆうしょく）は付（つ）いていますか
有免費接送嗎	無料送迎（むりょうそうげい）はありますか
有免費的機場接送服務嗎	空港（くうこう）までの無料送迎（むりょうそうげい）はありますか
孩童如何計費	子供（こども）の料金（りょうきん）はどのように計算（けいさん）しますか
幾歲以下的孩童免費	何歳未満（なんさいみまん）の子供（こども）は無料（むりょう）ですか

實境應答 ——— 074

詢問房價、優惠活動…

可以給我看房價表嗎？
這是 1 個人的價格？還是 1 間房間的價格？

料金表(りょうきんひょう)を見(み)せてもらえますか

この料金(りょうきん)は、1人(ひとり)あたりですか。それとも1室(いっしつ)あたりですか。

回應 這是 1 間房間的價格。

→ 1室(いっしつ)あたりの料金(りょうきん)でございます。

如果小孩同房住宿，費用如何計算？

子供(こども)も同室(どうしつ)で宿泊(しゅくはく)する場合(ばあい)、料金(りょうきん)はどのように計算(けいさん)しますか。

回應 小孩同房住宿時，1 個晚上要加 1800 日圓。

→ お子様(こさま)の同室(どうしつ)は、1泊1800円(いっぱくせんはっぴゃくえん)の追加料金(ついかりょうきん)がかかります。

一晚加收
…日圓

現在有任何優惠活動嗎？

今何(いまなに)かキャンペーンを行(おこな)っていますか。

回應 目前有續住半價的優惠活動。

→ 連泊(れんぱく)されると半額(はんがく)になるキャンペーンを行(おこな)っております。

有附早餐嗎？

朝食(ちょうしょく)は付(つ)いていますか。

回應 我們有附贈日式早餐。

→ 和食(わしょく)の朝食(ちょうしょく)が付(つ)いております。

附日式早餐

38

詢問飯店設施及服務

即效溝通用語 075

有哪些設施	どのような施設(しせつ)がありますか。
提供哪些服務	どのようなサービスを行(おこな)っていますか
三溫暖／游泳池／健身房	サウナ／プール／エクササイズルーム
網球場／高爾夫球場	テニスコート／ゴルフ場(じょう)
美容舒壓療程	ビューティー・リラクゼーション
中餐廳／西餐廳／宴會廳	中華料理(ちゅうかりょうり)レストラン／洋食(ようしょく)レストラン／バンケットルーム
酒吧／現場演奏	バーラウンジ／生演奏(なまえんそう)
無線上網	無線LAN(むせんラン)
保險箱	セーフティー・ボックス
停車場	駐車場(ちゅうしゃじょう)
租借腳踏車	自転車(じてんしゃ)レンタル
外幣兌換	外貨両替(がいかりょうがえ)
托嬰服務	ベビーシッターサービス
寄放寵物	ペットお預(あず)かりサービス
機場接送	空港(くうこう)までの送迎(そうげい)
市區接送	市内送迎(しないそうげい)
市區導覽	市内(しない)ガイド
自動販賣機	自動販売機(じどうはんばいき)
投幣式洗衣房	コインランドリー
房內觀賞的付費式隨選視訊	ＶＯＤ(ブイオーディー)ルームシアター

實境應答 076

詢問飯店設施、換外幣、買特產…

請問飯店內有哪些設施？

ホテルには、どのような施設(しせつ)がありますか。

回應 我們有便利商店、三溫暖、花店、美容院、游泳池等設施。

コンビニエンスストア、サウナ、フラワーショップ、美容室(びようしつ)、プールなどがございます。

有兌換外幣的服務嗎？

外貨両替(がいかりょうがえ)のサービスはありますか。

回應 櫃檯有兌換外幣的服務。

フロントで、外貨(がいか)の両替(りょうがえ)をいたしております。

飯店內有投幣式洗衣機嗎？

ホテル内(ない)に、コインランドリーはありますか。

回應 3 樓有投幣式洗衣房。

3階(さんがい)にコインランドリーがございます。

有投幣洗衣

各有 5 台洗衣機和烘衣機。

洗濯機(せんたくき)と乾燥機(かんそうき)をそれぞれ5台設置(ごだいせっち)しております。

飯店內可以買到當地特產嗎？

ホテルで地元(じもと)の特産品(とくさんひん)を買(か)うことはできますか。

回應 本飯店 1 樓的便利商店有販售特產品。

本館1階(ほんかんいっかい)コンビニエンスストアで、特産品(とくさんひん)を販売(はんばい)しております。

39

詢問飯店交通狀況

即效溝通用語

077

距離機場有多遠	空港(くうこう)からどのくらいの距離(きょり)のところですか
有哪些交通工具	どんな交通手段(こうつうしゅだん)がありますか
從機場如何到飯店	空港(くうこう)からホテルまではどう行(い)きますか
從車站步行可以到嗎	駅(えき)から歩(ある)いて行(い)けますか
距離…很近嗎	…から近(ちか)いですか
最近的車站	一番近(いちばんちか)い駅(えき)
到市區要多久	市街地(しがいち)までどのくらい時間(じかん)がかかりますか
坐電車大約 10 分鐘	電車(でんしゃ)で１０分(じゅっぷん)ぐらいです
坐計程車到飯店要多少錢	タクシーでホテルまでいくらかかりますか
有接送服務嗎	送迎(そうげい)サービスがありますか
免費接送	無料送迎(むりょうそうげい)
需要預約嗎	予約(よやく)が必要(ひつよう)ですか
24 小時都有接送巴士	２４時間送迎(にじゅうよじかんそうげい)バスがあります
每個小時都有接送巴士嗎	１時間(いちじかん)ごとに送迎(そうげい)バスがありますか
有接駁巴士嗎	シャトルバスがありますか
接駁巴士多久來一班	シャトルバスは何分(なんぷん)に１便(ひとびん)ありますか
接駁巴士每 10 分鐘一班	シャトルバスは１０分(じゅっぷん)に１便(ひとびん)あります
有直達車嗎	直行便(ちょっこうびん)はありますか
有停車場嗎	駐車場(ちゅうしゃじょう)はありますか
免費停車嗎	駐車(ちゅうしゃ)は無料(むりょう)ですか

實境應答 —— 078

詢問飯店到市中心、機場到飯店的交通…

從飯店到市中心的交通方便嗎？

ホテルから市内中心部までの交通は便利ですか。

回應

飯店前面有地下鐵車站。

ホテルの前に地下鉄の駅があります。

如果搭乘地下鐵，10 分鐘就能到達市中心。

地下鉄にお乗りになれば、市内中心部までは10分で着きます。

10 分鐘到市中心

從市中心搭計程車到飯店，大約要多久？

市内中心部からホテルまでは、タクシーでどのくらい時間がかかりますか。

回應

從市中心到飯店，白天大約 25 分鐘，晚上大約 15 分鐘。

市内中心部からホテルまでは、昼ですと25分、夜ですと15分ほどかかります。

從機場到飯店有直達巴士嗎？

空港からホテルへ直行するバスはありませんか。

回應

往返飯店的接駁巴士，會從機場第一航廈的巴士站發車。

空港第1ターミナルバス乗り場から、ホテルのシャトルバスが出ています。

有接駁巴士

40

入住登記

即效溝通用語 079

飯店櫃檯	ホテルのフロント
辦理入住手續	チェックイン
幾點開始辦理入住	何時(なんじ)からチェックインできますか
我訂了一間單人房	シングルルームを予約(よやく)しています
我訂房的名字是…	申込者名(もうしこみしゃめい)は…
護照	パスポート
訂房憑單	予約確認書(よやくかくにんしょ)
想多住一天	もう1泊(いっぱく)したいんですが
想換成兩張小床的雙人房	ツインルームに変更(へんこう)したいんですが
想先寄放行李	荷物(にもつ)を預(あず)かってほしいんですが
退房時間	チェックアウトの時間(じかん)
我要投宿一晚	1泊宿泊(いっぱくしゅくはく)したいんですが
我要兩個房間	2部屋(ふたへや)お願(ねが)いします
有空房嗎	空室(くうしつ)がありますか
客滿了	満室(まんしつ)でございます
附近	近(ちか)く
有其他飯店嗎	他(ほか)のホテルがありますか
住一晚多少錢	1泊(いっぱく)いくらですか
是含稅價格嗎	税金(ぜいきん)は込(こ)みですか
有附早餐嗎	朝食(ちょうしょく)は付(つ)いていますか

實境應答

080

辦理入住、並打算多住一晚…

我是預約今晚住宿的李凱悅。

今晚宿泊(こんばんしゅくはく)する予定(よてい)の李凱悅(リカイユエ)ですが。

回應

我確認一下，請您稍候。

お調(しら)べいたしますので、少々(しょうしょう)お待(ま)ちください。

您就是預約兩張小床雙人房的李凱悅先生吧？

ツインルームでご予約(よやく)いただいております李凱悅様(リカイユエさま)でお間違(まちが)いないですね。

您是……先生吧？

是的，沒錯。
我原本預定後天早上退房，可以改成大後天早上嗎？

はい、そうです。

あさっての朝(あさ)にチェックアウトする予定(よてい)だったんですが、しあさっての朝(あさ)に変更(へんこう)できませんか。

回應

後天晚上只剩下一張大床的雙人房。

あさっての晩(ばん)は、ダブルルームしか空(あ)いておりません。

一張大床的房間可以嗎？

ダブルルームでもよろしいでしょうか。

只剩一張大床的

好的，一張大床的雙人房也可以。

はい、ダブルルームでもいいです。

回應

好的，我來處理。

かしこまりました。

那我替您改成大後天早上退房。

しあさっての朝(あさ)のチェックアウトに変更(へんこう)させていただきます。

41

飯店內的餐廳

即效溝通用語 —— 081

餐廳	レストラン
宴會廳	バンケットルーム
酒吧	バーラウンジ
義式／中式／泰式餐廳	イタリア料理(りょうり)／中華料理(ちゅうかりょうり)／タイ料理(りょうり)レストラン
異國料理	異国料理(いこくりょうり)
有幾間餐廳／酒吧	レストラン／バーラウンジがいくつありますか
早餐／中餐／晚餐	朝食(ちょうしょく)／昼食(ちゅうしょく)／夕食(ゆうしょく)
吃到飽的自助式早餐	ブッフェ形式(けいしき)、バイキング形式(けいしき)の朝食(ちょうしょく)
下午茶	アフタヌーンティー
用餐地點在哪裡	食事(しょくじ)はどこで取(と)れますか
餐廳要怎麼走	レストランへはどう行(い)きますか
營業時間	営業時間(えいぎょうじかん)
幾點到幾點	何時(なんじ)から何時(なんじ)までですか
營業到幾點	何時(なんじ)まで営業(えいぎょう)していますか
24小時營業	２４時間営業(にじゅうよじかんえいぎょう)
最後點餐時間	ラストオーダー
服裝限制	服装規定(ふくそうきてい)、ドレスコード
正式服裝	正装(せいそう)
點餐到房裡吃	ルームサービス
現場演奏	生演奏(なまえんそう)

實境應答 082

想知道吃晚餐、早餐的地點…

請問晚餐的用餐地點在哪裡？

夕食(ゆうしょく)はどこで取(と)れますか。

回應

晚餐請到 11 樓的餐廳。

→ ご夕食(ゆうしょく)は、11階(じゅういっかい)のレストランでどうぞ。

營業時間是下午 5 點到晚上 11 點。

午後5時(ごごごじ)から11時(じゅういちじ)まで営業(えいぎょう)しております。

有哪幾種餐廳？

何料理(なにりょうり)のレストランがありますか。

回應

我們有中式料理、日本料理、義大利料理的餐廳。

→ 中華料理(ちゅうかりょうり)と日本料理(にほんりょうり)、イタリア料理(りょうり)のレストランがございます。

早餐在哪裡用餐？幾點開始？

朝食(ちょうしょく)は、どこで何時(なんじ)から取(と)れますか。

回應

在 1 樓的餐廳，從早上 6 點開始供應。

→ 1階(いっかい)のレストランで、午前6時(ごぜんろくじ)からご用意(ようい)いたしております。

早餐是吃到飽的自助式早餐嗎？

朝食(ちょうしょく)は、ブッフェ形式(けいしき)ですか。

回應

是的。早餐是吃到飽的自助餐形式。

→ はい。朝食(ちょうしょく)は、ブッフェ形式(けいしき)になっております。

42

飯店內的健身房

即效溝通用語 083

健身房	エクササイズルーム
在哪裡	どこですか
可以免費使用嗎	無料で使えますか
有服裝限制嗎	服装の規定がありますか
運動鞋	スポーツシューズ
運動服	スウェットスーツ
需要自備器具嗎	スポーツ用品は、自分で準備しなければなりませんか
有年齡限制嗎	年齢制限がありますか
12 歲以下	１２歳以下
需要大人同行嗎	大人の同伴者がいなければなりませんか
開放時間	営業時間
幾點到幾點	何時から何時までですか
需要出示證件嗎	身分証明書を提示しなければなりませんか
需要預約嗎	予約は必要ですか
有提供毛巾和開水嗎	タオルと飲料水は無料ですか
有指導教練嗎	インストラクターは、いますか
有哪些運動器材	どのようなトレーニングマシンが、ありますか
跑步機	ランニングマシン
有氧課程	エアロビクスプログラム
瑜珈課程	ヨガプログラム

實境應答

084

詢問健身房使用規定…

使用健身房需要預約嗎？

エクササイズルームの使用は、予約が必要ですか。

回應　不用，不需要預約。

→ いいえ、予約は必要ございません。

健身房可以免費使用嗎？

エクササイズルームは、無料で使えますか。

回應　可以的，房客可以免費使用。

→ はい。宿泊者の方なら、無料でご使用いただけます。

裡面有哪些運動器材？

どのようなトレーニングマシンが、ありますか。

回應　我們有跑步機、健身腳踏車等器材。

→ ランニングマシン、エアロバイクなどがございます。

開放時間是幾點到幾點？

営業時間は、何時から何時までですか。

回應　開放時間從早上８點到晚上10點，最後的受理時間是晚上９點30分。

→ 営業時間は午前８時から午後１０時までで、最終ご利用受付は午後9時３０分でございます。

最後受理時間是…

43

飯店內的游泳池

即效溝通用語

085

游泳池	プール
泳衣／泳帽／泳鏡	水着（みずぎ）／スイムキャップ／ゴーグル
泳圈／浮板	浮輪（うきわ）／キックボード
浴巾	バスタオル
躺椅	デッキチェア
淋浴間	シャワールーム
沐浴用品	アメニティグッズ
有救生員嗎	ライフガードはいますか
有寄物櫃嗎	ロッカーはありますか
有提供浴巾嗎	タオルはありますか
有賣泳帽嗎	スイムキャップの販売（はんばい）はありますか
可以租借泳鏡嗎	ゴーグルのレンタルはありますか
販售、出租都有嗎	販売（はんばい）もレンタルもありますか
可以跳水嗎	飛（と）び込（こ）みはできますか
兒童戲水池	チャイルドプール
按摩池／溫水游泳池	ジャグジー／温水（おんすい）プール
有幾個泳池	プールがいくつありますか
有幾個水道	何（なん）コースありますか
水道多長	何（なん）メートルプールですか
水深多深	深（ふか）さはどのくらいありますか

實境應答 086

詢問泳池使用細節…

游泳池可以免費使用嗎？

プールは無料(むりょう)で使用(しよう)できますか。

回應

可以的。

→ はい。

房客可以免費使用。

宿泊者(しゅくはくしゃ)の方(かた)なら、無料(むりょう)でご使用(しよう)いただけます。

泳池旁邊的三溫暖也是免費的嗎？

プールのそばにあるサウナも無料(むりょう)ですか。

回應

不，使用三溫暖一次要收費 500 日圓。

→ いいえ、サウナのご使用(しよう)は、1回500円(いっかいごひゃくえん)となっております。

三溫暖要收費

飯店有販賣泳衣嗎？

ホテル内(ない)で、水着(みずぎ)を販売(はんばい)していますか。

回應

有的，泳池櫃檯有販售泳衣。

→ はい。プールの受付(うけつけ)カウンターで販売(はんばい)いたしております。

一定要戴泳帽嗎？

スイムキャップをかぶらないといけませんか。

回應

是的，請您戴上泳帽。

→ はい。スイムキャップをかぶっていただきます。

要戴泳帽

44

飯店內的溫泉設施

即效溝通用語

087

泡溫泉	温泉（おんせん）に入（はい）ります
大眾池	大浴場（だいよくじょう）
露天溫泉	温泉露天風呂（おんせんろてんぶろ）
男女分開	男女別浴（だんじょべつよく）
男女混浴	男女混浴（だんじょこんよく）
女性浴池	女湯（おんなゆ）
男性浴池	男湯（おとこゆ）
房間內的個人浴池	客室（きゃくしつ）のバスルーム
毛巾／肥皂／臉盆	タオル／石鹸（せっけん）／湯（ゆ）おけ
沐浴用品	アメニティグッズ
請給我肥皂	石鹸（せっけん）をください
有提供毛巾嗎	タオルはありますか
可以穿泳衣嗎	水着（みずぎ）を着用（ちゃくよう）してもいいですか
有什麼療效	どのような効能（こうのう）がありますか
溫泉的入浴方法	温泉（おんせん）の入浴方法（にゅうよくほうほう）
先淋浴再入池	シャワーを浴（あ）びてから、温泉（おんせん）に入（はい）ります
開放時間	入浴可能時間（にゅうよくかのうじかん）
可以免費使用	無料（むりょう）で使用（しよう）できます
孩童／孕婦	子供（こども）／妊婦（にんぷ）
可以泡溫泉嗎	温泉（おんせん）に入（はい）れますか

實境應答

088

詢問能否穿泳衣、泡溫泉細節…

飯店內有溫泉嗎？

ホテルには温泉がありますか。

回應

有的，飯店內有大眾溫泉池、露天溫泉、按摩溫泉池。

→ はい。温泉大浴場、温泉露天風呂、温泉ジャグジーがございます。

是男女分開嗎？

男女は別になっていますか。

回應

大眾池是男女分浴，其他都是男女混浴。

→ 温泉大浴場は男女別になっておりますが、その他は男女別になっておりません。

大眾池
男女分浴

溫泉的開放時間是幾點到幾點？

温泉は、何時から何時まで入浴できますか。

回應

從早上 6 點到晚上 11 點，您都可以泡溫泉。

→ 朝 6 時から夜 11 時まで、ご入浴になれます。

可以穿泳衣泡溫泉嗎？

温泉では、水着を着用してもいいですか。

回應

除了男女分浴的大眾池，其他的都可以穿泳衣。

→ 男女別の温泉大浴場以外は、水着をご着用になれます。

大眾池
不能穿泳衣

45

客房服務

即效溝通用語 089

客房服務部門	ルームサービス
我想加床	エクストラベッドを追加（ついか）したいです
我想要客房點餐服務	食事（しょくじ）のルームサービスをお願（ねが）いします
我要點…	…をお願（ねが）いします
1份／2份	1つ（ひと）／2つ（ふた）
多久會送來	どのくらいかかりますか
請在7點送來	7時（しちじ）に持（も）ってきてください
我需要電話鬧鈴服務	モーニングコールをお願（ねが）いします
請在8點叫醒我	8時（はちじ）に起（お）こしてください
我需要按摩服務	マッサージのサービスをお願（ねが）いします
要另外收費嗎	有料（ゆうりょう）ですか
請給我開瓶器／衣架	栓抜（せんぬ）き／ハンガーを持（も）ってきてもらえませんか
明天早上請給我報紙	明日（あした）の朝（あさ）、新聞（しんぶん）を持（も）ってきてもらえますか
請幫我打掃房間	部屋（へや）の掃除（そうじ）をしてもらえますか
床單不乾淨	シーツが汚（よご）れています
請幫我換床單	シーツを換（か）えてもらえませんか
我想預約晚餐	ディナーを予約（よやく）したいです
少一雙拖鞋	スリッパが1足（いっそく）足（た）りません
少一份盥洗用具	アメニティが1つ（ひと）足（た）りません
沒有衛生紙／衣架	トイレットペーパー／ハンガーがありません

實境應答

090

少盥洗用具、早晨鬧鈴、客房點餐…

這裡少一份盥洗用具…

アメニティが1つ足りないんですが。

回應 好的，馬上替您送過去。

→ かしこまりました。すぐにお持ちいたします。

還有，明天早上我需要電話鬧鈴服務。

それから、明日の朝、モーニングコールをお願いします。

回應 希望幾點叫醒您？

→ 何時にモーニングコールをご希望でしょうか。

幾點
morning call ?

請在早上6點叫醒我。

朝6時にお願いします。

回應 好的，我知道了。

→ かしこまりました。

我們會為您設定6點的電話鬧鈴。

モーニングコールを6時にセットしておきます。

我還想點一份中華料理的客房餐點。

それから、中華料理のルームサービスをお願いしたいんですが。

回應 不好意思，客房餐點請撥8號分機點餐。

→ 恐れ入りますが、ルームサービスは、ダイヤル8番でお申し付けください。

46

使用客房內設備

即效溝通用語 091

電燈開關	照明(しょうめい)のスイッチ
在哪裡	どこですか
床頭燈／夜燈／檯燈	ベッドライト／ナイトライト／デスクライト
鬧鈴功能	アラーム
如何設定	どうやって設定(せってい)しますか
外線電話／國際電話	外線通話(がいせんつうわ)／国際通話(こくさいつうわ)
如何撥打外線電話	ホテル外(がい)への通話(つうわ)はどうやってかけますか
房卡	カードキー
想看付費電視	有料(ゆうりょう)チャンネルを見(み)たいです
遙控器	リモコン
如何操作	どう使(つか)いますか
切換電視頻道	テレビのチャンネルを替(か)えます
冷暖空調設備	エアコン
如何調溫度	どうやって温度(おんど)を設定(せってい)しますか
插頭／插座	プラグ／コンセント
多少伏特	何(なん)ボルトですか
有變壓器嗎	アダプターはありませんか
無線網路	無線(むせん)LAN(ラン)
如何連接網路	どうやってインターネットに接続(せつぞく)しますか
保險箱	セーフティー・ボックス

實境應答 092

詢問如何連接網路…

請問如何連接網路？

どうやってインターネットに接続するんですか。

回應 客房內的桌子上有 LAN 連接孔。

→ 客室のテーブルにLANポートがございます。

另外，您也可以使用無線網路。

また、無線LANもご利用になれます。

> 可以使用無線網路

使用無線網路需要密碼嗎？

無線LANに接続するには、暗号キーが必要ですか。

回應 是的，密碼和連線方法在這本說明書內。

→ はい。暗号キー、接続方法は、こちらのマニュアルに記載されております。

> 密碼在說明書內

你可以幫我設定連線嗎？

接続の設定をお願いできますか。

回應 不好意思，關於電腦的設定，要請您自行處理。

→ 申し訳ございませんが、コンピューターの設定に関しては、お客様ご自身で行ってください。

47
衣物送洗

即效溝通用語 093

我要送洗衣物	この服(ふく)をクリーニングに出(だ)したいです
洋裝／西裝／貼身衣物	ワンピース／スーツ／肌着(はだぎ)
衣物送洗袋	ランドリーバッグ
送洗費用	クリーニング料金(りょうきん)
如何計費	どのように計算(けいさん)しますか
一件多少錢	1枚(いちまい)いくらですか
以件數計費	枚数(まいすう)で計算(けいさん)します
以重量計費	重(おも)さで計算(けいさん)します
有價目表嗎	価格表(かかくひょう)はありますか
多久會洗好	クリーニングにどのくらい時間(じかん)がかかりますか
水洗／乾洗	水洗(みずあら)い／ドライクリーニング
水洗會縮水	水洗(みずあら)いをすると、縮(ちぢ)みます
必須乾洗	ドライクリーニングでお願(ねが)いします
可以幫我整燙嗎	アイロンをかけてもらえますか
可以幫我縫釦子嗎	ボタンを付(つ)けてもらえますか
這裡有汙漬	ここにしみがあります
請洗乾淨一點	きれいにしてください
請小心處理	注意(ちゅうい)して洗(あら)ってください
可以早一點拿到嗎	早(はや)く仕上(しあ)げることはできますか
還沒拿到送洗衣物	クリーニングに出(だ)した服(ふく)をまだ受(う)け取(と)っていません

實境應答 094

送洗衣物，急著當天取件…

我想送洗衣物。

クリーニングサービスを利用（りよう）したいんですが。

回應 哪些衣物需要送洗？

→ どんなものをクリーニングに出（だ）されますか。

我要洗這件襯衫。用餐時不小心弄髒了，請去除污漬。

このワイシャツです。食事中（しょくじちゅう）に、汚（よご）してしまったので、しみ取（と）りをお願（ねが）いします。

回應 明天取件可以嗎？

→ 明日（あした）の受（う）け取（と）りでよろしいでしょうか。

明天取件

可以快一點洗好嗎？

急（いそ）いで仕上（しあ）げることもできますか。

回應 我們可以在傍晚前幫您洗好，可是要多收一成費用。

→ 夕方（ゆうがた）までに仕上（しあ）げることもできますが、料金（りょうきん）は1割増（いちわりま）しになります。

要加收一成費用

您覺得可以嗎？

よろしいでしょうか。

好的，我要傍晚取件。

わかりました。夕方（ゆうがた）の受（う）け取（と）りでお願（ねが）いします。

回應 那請您在晚上6點過後，攜帶這張單據來這裡取件。

→ では、夕方6時以降（ゆうがたろくじいこう）に、こちらの紙（かみ）を持（も）って、こちらでお受（う）け取（と）りください。

48

請服務生幫忙搬行李

即效溝通用語 095

行李很多	荷物(にもつ)がたくさんあります
總共5件／6件	全部(ぜんぶ)で５(いつ)つ／６(むっ)つあります
行李很重	荷物(にもつ)が重(おも)いです
一個人搬不動	一人(ひとり)では運(はこ)べません
請幫我…	…してもらえませんか
可以找人幫我嗎	手伝(てつだ)ってくれる人(ひと)はいませんか
可以幫我搬行李嗎	荷物(にもつ)を運(はこ)んでもらえませんか
行李推車	カート
可以借我行李推車嗎	カートを貸(か)してもらえませんか
房號是…	部屋(へや)の番号(ばんごう)は…です
易碎物品	壊(こわ)れやすい物(もの)、割(わ)れやすい物(もの)
請小心搬運	気(き)をつけて運(はこ)んでください
請搬到大廳	ロビーまで運(はこ)んでください
請搬到另一邊	あちら側(がわ)まで運(はこ)んでください
請搬到我房間	部屋(へや)まで運(はこ)んでください
請稍等	少々(しょうしょう)お待(ま)ちください
我派行李服務員去處理	ポーターに運(はこ)ばせます
請放心交給我處理	私(わたし)にお任(まか)せください
很抱歉…	申(もう)し訳(わけ)ございませんが…
不提供搬運行李的服務	ポーター・サービスは行(おこな)っておりません

實境應答

096

行李多，請服務生幫忙…

我的行李很多，可以幫我送到房間嗎？

荷物(にもつ)が多(おお)いので、部屋(へや)まで運(はこ)んでもらえませんか。

回應 您的行李是這個和這個嗎？

→ お客様(きゃくさま)のお荷物(にもつ)は、こちらとこちらでございますか。

是這些行李嗎？

是的，我的行李是這個跟這個。

はい。私(わたし)の荷物(にもつ)は、これとこれです。

回應 有易碎品嗎？

→ 特(とく)に割(わ)れやすい物(もの)などございますか。

沒有易碎物品。

いいえ、ありません。

回應 我去拿行李推車過來，請您稍候。

→ カートを持(も)ってまいりますので、お待(ま)ちください。

您的房間是幾號房？

お客様(きゃくさま)のお部屋(へや)は、何号室(なんごうしつ)でしょうか。

幾號房？

我的房間是302。這個也順便麻煩你。

３０２(さんまるに)です。これもついでにお願(ねが)いします。

回應 推車放不下了，我先送一趟到房間，再回來拿第二趟。

→ これ以上(いじょう)カートに乗(の)りませんので、一回(いっかい)お部屋(へや)まで行(い)って、戻(もど)ってまいります。

要搬第二趟

49

房內設備有問題

即效溝通用語

097

沒有熱水	お湯がでません
蓮蓬頭故障	シャワーが壊れています
水溫不夠熱	お湯の温度が低いです
水龍頭關不緊	蛇口を閉めても水が漏れます
馬桶堵塞	トイレが詰まりました
天花板漏水	天井から水が漏れています
沒有冷氣／暖氣	冷房／暖房がありません
房門無法上鎖	鍵がかかりません
保險箱打不開	セーフティー・ボックスが開きません
無法連接網路	インターネットに接続できません
網路會斷線	インターネットの接続が切れます
燈泡壞了	電球が切れています
電燈不亮	電気がつきません
窗戶打不開	窓が開きません
窗簾無法拉開	カーテンが開きません
窗簾無法關上	カーテンが閉まりません
吹風機／遙控器有問題	ドライヤー／リモコンが壊れています
請給我電池	電池をください
請找人來修理	修理してください
請教我如何使用	使い方を教えてください

實境應答 —— 098

插入房卡啟動電源，但電燈不亮…

房間的電燈按了開關，卻不會亮。

部屋(へや)の電気(でんき)のスイッチを入(い)れても、つかないんですが。

回應 您把房卡插進（房卡）插槽了嗎？

→ カードキーは、カードキーホルダーにお入(い)れになりましたか。

插入房卡了嗎？

是的，我已經插入房卡了。

はい、入(い)れてあります。

回應 我們馬上去確認，請您稍候。

→ すぐにお調(しら)べいたしますので、少々(しょうしょう)お待(ま)ちください。

服務人員來處理，找到問題點…

不好意思。

申(もう)し訳(わけ)ございません。

這個開關鎖上了。

こちらのスイッチがオフになっておりました。

電燈會亮了。

電気(でんき)がつくようになりました。

回應 真的很抱歉。

→ まことに申(もう)し訳(わけ)ございませんでした。

50

想換房間

即效溝通用語 099

想換房間	部屋(へや)を替(か)えてもらえますか
我要馬上換房間	すぐに部屋(へや)を替(か)えてほしいです
(想換成)單人房／一張大床的雙人房	シングルルーム／ダブルルーム（に替(か)えてもらえますか）
(想換成)大一點的房間	もう少(すこ)し広(ひろ)い部屋(へや)（に替(か)えてもらえますか）
(想換成)視野好的房間	眺(なが)めのいい部屋(へや)（に替(か)えてもらえますか）
(想換成)採光好的房間	日当(ひあ)たりのいい部屋(へや)（に替(か)えてもらえますか）
隔壁房間太吵	隣(となり)の部屋(へや)がうるさいです
隔音很差	防音(ぼうおん)がよくありません
太吵睡不著	うるさくて寝(ね)られません
我要安靜一點的房間	静(しず)かな部屋(へや)にしてください
房間有怪味	部屋(へや)の臭(にお)いがきついです
房間有煙味	部屋(へや)はタバコの臭(にお)いがします
房間很髒	部屋(へや)が汚(よご)れています
房間跟照片拍的不一樣	部屋(へや)が写真(しゃしん)で見(み)たのと違(ちが)います
房間離電梯太遠	部屋(へや)がエレベーターから遠(とお)いです
床鋪睡起來不舒服	ベッドの使(つか)い心地(ごこち)がよくないです
空調故障	エアコンが故障(こしょう)しています
還有其他房間嗎	他(ほか)の部屋(へや)はありませんか
只剩這個房間嗎	この部屋(へや)しか空(あ)いていませんか
需要加錢嗎	追加料金(ついかりょうきん)が必要(ひつよう)ですか

實境應答 100

房內設備故障、終於換到滿意的房間…

通往陽台的拉門打不開…

バルコニーに出る引戸が開かないんですが。

回應

我們立刻派服務人員過去，能請您稍候一下嗎？

→ すぐにスタッフを向かわせますので、少々お待ちいただけますか。

服務人員來處理，找到問題點…

修理這個可能要花一些時間…

この修理には、時間がかかりそうでございます。

那麼，可以幫我換其他房間嗎？

でしたら、他の部屋に替えてもらえませんか。

回應

我去問櫃檯，可以幫你換到哪一個房間。

→ どのお部屋にご案内できるか、フロントに聞いてみます。

服務人員引領到另一個房間…

這個房間您覺得如何？

こちらのお部屋でよろしいでしょうか。

有沒有更高樓層的房間？

もう少し上の階の部屋はありますか。

回應

這個房間您覺得如何？

→ では、こちらのお部屋はいかがでしょうか。

再到另一個房間…

我決定住這個房間。

この部屋にします。

51

進不了房間

即效溝通用語 101

鑰匙	鍵(かぎ)、キー
房卡	カードキー
鑰匙不見了	鍵(かぎ)をなくしてしまいました
鑰匙留在房間裡	鍵(かぎ)を部屋(へや)に置(お)いたままです
有備份鑰匙嗎	スペアキーがありますか
請給我備份鑰匙	スペアキーをください
房門	ドア
打不開	開(あ)きません
被鎖在門外	鍵(かぎ)の閉(と)じ込(こ)みをしてしまいました
進不去	入(はい)れません
現在怎麼辦	どうしたらいいですか
如何操作房卡	カードキーはどう使(つか)いますか
插入房卡	カードキーをお差(さ)し込(こ)みになってください
插到盡頭	奥(おく)までお差(さ)し込(こ)みになってください
插入房卡後，燈不亮	カードキーを差(さ)し込(こ)んでも、ランプがつきません
是這一面朝上嗎	こちらの面(めん)を上(うえ)にしますか
箭頭這一面朝上	矢印(やじるし)がある方(ほう)の面(めん)を上(うえ)にお向(む)けください
如何上鎖	どうやってロックしますか
請幫我開門	ドアを開(あ)けてください
請教我開門	ドアの開(あ)け方(かた)を教(おし)えてください

實境應答 —— 102

出門時，鑰匙留在房間裡了…

可以幫我打開房門嗎？

部屋（へや）のドアを開（あ）けてもらえませんか。

服務人員 回應 →
發生了什麼事嗎？
どうなさったんでしょうか。

我關門時把鑰匙留在房間裡了…

部屋（へや）に鍵（かぎ）を置（お）いたまま、ドアを閉（し）めてしまったんですが。

服務人員 回應 →
您有攜帶身分證件，可以證明您是本人嗎？
ご本人（ほんにん）の確認（かくにん）ができる身分証明書（みぶんしょうめいしょ）をお持（も）ちでしょうか。

能證明身分嗎？

我把護照留在房間了…

パスポートは、部屋（へや）に置（お）いてあるんですが。

服務人員 回應 →
工作人員會用備份鑰匙幫您開門，到時請讓我們確認您的護照。
スタッフが、スペアキーでお開（あ）けいたしますので、そのときにパスポートを拝見（はいけん）いたします。

一會兒，工作人員把門打開了…

謝謝你。

ありがとうございます。

工作人員 回應 →
外出時，請記得帶鑰匙。
お出（で）かけの際（さい）は、鍵（かぎ）の閉（と）じ込（こ）みにはお気（き）をつけください。

52

結帳退房

即效溝通用語

103

我要退房	チェックアウトをお願(ねが)いします
這是房間鑰匙／房卡	これが部屋(へや)の鍵(かぎ)／カードキーです
總共多少錢	合計(ごうけい)でいくらになりますか
我想付現	現金払(げんきんばら)いでお願(ねが)いします
我想刷卡	カード払(ばら)いでお願(ねが)いします
可以使用旅行支票嗎	トラベラーズチェックで支払(しはら)いできますか
請給我費用明細	明細書(めいさいしょ)をください
請給我住房收據	領収書(りょうしゅうしょ)をください
這是含稅價格嗎	これは税込料金(ぜいこみりょうきん)ですか
這是扣除訂金的費用嗎	これは、予約金(よやくきん)を差(さ)し引(ひ)いた金額(きんがく)ですか
這是什麼費用	これは何(なん)の料金(りょうきん)ですか
帳單金額有誤	請求金額(せいきゅうきんがく)が間違(まちが)っています
沒有點飲料	飲(の)み物(もの)は飲(の)んでいません
沒有看付費頻道	有料(ゆうりょう)チャンネルは見(み)ていません
沒有撥打國際電話	国際電話(こくさいでんわ)はかけていません
可以延後退房嗎	チェックアウトを遅(おく)らせることはできますか
我逾時退房了嗎	チェックアウトの時間(じかん)に遅(おく)れましたか
逾時退房會收費嗎	遅(おく)れてチェックアウトすると追加料金(ついかりょうきん)がかかりますか
請幫我叫計程車	タクシーを呼(よ)んでもらえますか
可以寄放行李嗎	荷物(にもつ)を預(あず)かってもらえますか

實境應答 104

退房結帳時，帳單有問題…

我要辦理退房。

チェックアウトをお願(ねが)いします。

回應 請告訴我您的房號及姓名。

→ お部屋(へや)の番号(ばんごう)とお名前(なまえ)をお願(ねが)いいたします。

512 房的黃明仁。

512(ごいちに)の黄明仁(ファンミンレン)です。

回應 總共 14700 日圓。 合計(ごうけい)で14700円(いちまんよんせんななひゃくえん)でございます。

可以讓我看一下明細表嗎？

明細書(めいさいしょ)を見(み)せてもらえますか。

回應 好的。有什麼地方不對嗎？

→ はい。何(なに)かご不明(ふめい)な点(てん)でもございますか。

房內的果汁我只喝了一瓶，但是帳單卻是兩瓶的金額。

部屋(へや)にあったジュースは1本(いっぽん)しか飲(の)んでないのに、2本請求(にほんせいきゅう)されています。

回應 實在很抱歉，我重新計算。

→ まことに申(もう)し訳(わけ)ございません。計算(けいさん)し直(なお)させていただきます。

總共是 14500 日圓。

14500円(いちまんよんせんごひゃくえん)でございます。

重算金額並致歉

讓您感到不快，我向您致歉。

お客様(きゃくさま)を不愉快(ふゆかい)なお気持(きも)ちにさせてしまい、お詫(わ)びいたします。

53
退房後發現遺忘東西在飯店

即效溝通用語 105

錢包	財布
貴重物品	貴重品
遺忘在保險箱	セーフティー・ボックスの中に置き忘れました
遺忘在房間裡	部屋に置き忘れました
遺忘在洗臉台	洗面台に置き忘れました
遺忘在飯店大廳	ホテルのロビーに置き忘れました
可以幫我拿嗎	持ってきてもらえませんか
可以幫我找嗎	探してもらえませんか
請幫我詢問…	聞いてみてもらえませんか
清潔人員	清掃スタッフ
有沒有看到遺留物品	忘れ物がありましたか
我是前天投宿的	おととい泊まりました
登記姓名是…	宿泊者名は…
之前住的房號是…	宿泊した部屋の番号は…
如果找到了	見つかったら
可以寄給我嗎	送ってもらえますか
請通知我	知らせてください
我的電話是…	私の電話番号は…
我的地址是…	私の住所は…
到櫃檯領取嗎	フロントで受け取りですか

實境應答

106

打電話回飯店、並委託寄回台灣…

我遺忘一件灰色西裝外套在飯店房間…

ホテルの部屋に、灰色のスーツの上着を忘れてきたんですが。

回應 請告訴我您的姓名、住宿房號、以及住宿日期。

→ お客様のお名前とご宿泊になったお部屋の番号、ご宿泊日をお願いいたします。

我的姓名是李宏建。
我住 603 號房，今天早上退房的。

名前は李宏建です。
６０３号室に宿泊して、今朝チェックアウトしました。

回應 是有一件灰色西裝外套忘了帶走。

→ 灰色のスーツの上着のお忘れ物がございます。

可以幫我寄到台灣嗎？

台湾まで送ってもらえませんか。

回應 運費必須您自行負擔，這樣可以嗎？

→ 送料は、お客様のご負担となりますが、よろしいでしょうか。

必須自己付運費

沒關係，運費我自己負擔。

私の負担でかまいません。

回應 運費會以您支付住宿費的信用卡付款。

→ 送料は、宿泊料のお支払いの際にご使用になったクレジットカードでのお支払いとなります。

54

找導遊

即效溝通用語

107

我需要一位導遊	観光(かんこう)ガイドを1人(ひとり)お願(ねが)いします
可以安排導遊嗎	観光(かんこう)ガイドを紹介(しょうかい)してもらえますか
要會說中文	中国語(ちゅうごくご)が話(はな)せます
要會說英文	英語(えいご)が話(はな)せます
男導遊／女導遊	男性(だんせい)の観光(かんこう)ガイド／女性(じょせい)の観光(かんこう)ガイド
經驗豐富的導遊	経験豊富(けいけんほうふ)な観光(かんこう)ガイド
有執照的導遊	資格(しかく)を持(も)っている観光(かんこう)ガイド
導遊費用如何計算	観光(かんこう)ガイドの料金(りょうきん)はどのように計算(けいさん)しますか
以天數計費嗎	日数(にっすう)で計算(けいさん)しますか
以時薪計費嗎	時間数(じかんすう)で計算(けいさん)しますか
以人數計費嗎	人数(にんずう)で計算(けいさん)しますか
一天多少錢	1日(いちにち)いくらになりますか
每名旅客負擔多少錢	1人当(ひとりあ)たりいくらですか
要給導遊小費嗎	観光(かんこう)ガイドにチップを支払(しはら)わなければなりませんか
提供哪些服務	どのようなサービスがありますか
會幫我安排食宿嗎	食事(しょくじ)や宿泊(しゅくはく)の手配(てはい)をしてもらえますか
會安排交通工具嗎	交通(こうつう)の手配(てはい)をしてもらえますか
會做景點解說嗎	観光名所(かんこうめいしょ)での案内(あんない)をしてもらえますか
如果不滿意的話	満足(まんぞく)できない場合(ばあい)は…
可以換人嗎	他(ほか)の人(ひと)に替(か)えてもらえますか

實境應答 ——— 108

委託「日本觀光通譯協會」安排導遊…

＊**日本観光通訳協会** http://www.jga21c.or.jp/ 是日本境內負責安排導遊的專業機構。

我想詢問導遊的相關資訊。請問導遊費用如何計算？

観光(かんこう)ガイドについて聞(き)きたいんですが。

観光(かんこう)ガイドの料金(りょうきん)は、どのように計算(けいさん)しますか。

回應

費用由導遊個人決定。

→ 観光(かんこう)ガイドが個人(こじん)で決(き)めております。

根據導遊的等級，有大概的行情。

観光(かんこう)ガイドのランクによって、大体(だいたい)の相場(そうば)がございます。

導遊的等級如何劃分？

観光(かんこう)ガイドは、どのようにランク分(わ)けされていますか。

回應

資深導遊A級，有些許經驗的B級，剛入門的C級。

→ ベテランの者(もの)はA級(エーきゅう)、ある程度経験(ていどけいけん)がある者(もの)はB級(ビーきゅう)、初心者(しょしんしゃ)はC級(シーきゅう)となっております。

分A、B、C三級

如果是A級導遊，一天的導遊費用大約多少？

A級(エーきゅう)の場合(ばあい)、1日(いちにち)のガイド料金(りょうきん)はいくらぐらいになりますか。

回應

A級導遊的行情大約是35000～45000日圓。

→ A級(エーきゅう)ですと、35000円(さんまんごせんえん)から45000円(よんまんごせんえん)ぐらいが相場(そうば)でございます。

請幫我安排一名A級導遊。

A級(エーきゅう)の観光(かんこう)ガイドの手配(てはい)をお願(ねが)いしたいんですが。

55

索取旅遊相關資訊

即效溝通用語

109

旅遊服務中心	観光案内所（かんこうあんないじょ）
可以索取…嗎	…をもらえますか
是免費的嗎	無料（むりょう）ですか
有中文的嗎	中国語版（ちゅうごくごばん）は、ありますか
需要地圖	地図（ちず）がほしいです
有語音導覽嗎	音声（おんせい）ガイドはありますか
有哪幾種語言的語音導覽	音声（おんせい）ガイドには何語（なにご）がありますか
有中文的語音導覽嗎	中国語（ちゅうごくご）の音声（おんせい）ガイドはありますか
市區街道圖	市街地図（しがいちず）
觀光導覽手冊	観光（かんこう）ガイドブック
電車時刻表／電車路線圖	鉄道時刻表（てつどうじこくひょう）／鉄道路線図（てつどうろせんず）
旅遊書籍	旅行（りょこう）ガイドブック
住宿資訊	宿泊情報（しゅくはくじょうほう）
套裝的旅遊行程	ツアー
景點介紹	観光名所（かんこうめいしょ）の案内（あんない）
慶典活動介紹	イベント、お祭（まつ）りの案内（あんない）
路程距離表	距離表（きょりひょう）
本地美食介紹	現地（げんち）のグルメの案内（あんない）
本地文化古蹟介紹	現地（げんち）の史跡（しせき）の案内（あんない）
商店折價卷	お店（みせ）のクーポン

實境應答 — 110

索取東京都地圖、中文導覽手冊…

有免費提供的觀光地圖嗎？

むりょうはいふ　かんこうちず
無料配布の観光地図は、ありますか。

回應 有的，您需要哪裡的地圖？

ちず
→ ございます。どちらの地図でしょうか。

我要東京都的地圖。

とうきょうと　ちず
東京都の地図です。

回應 這是東京都的觀光地圖。

とうきょうと　かんこうちず
→ こちらが東京都の観光地図でございます。

背面還有地下鐵路線圖，請參考。

うし　ちかてつろせんず
後ろに地下鉄路線図もございます。どうぞ。

有中文版的東京觀光導覽手冊嗎？

ちゅうごくごばん　とうきょう　かんこう
それから、中国語版の東京の観光ガイドブックはありますか。

回應 我們有繁體字和簡體字的，您要哪一種？

はんたいじばん　かんたいじばん
→ 繁体字版と簡体字版がございますが、

どちらがよろしいでしょうか。

繁體或簡體？

請給我繁體字的。

はんたいじばん　ねが
繁体字版をお願いします。

回應 這是東京觀光導覽手冊。

とうきょう　かんこう
→ こちらが東京の観光ガイドブックでございます。

請拿去參考。

も
どうぞ、お持ちください。

56

詢問「哪些地方好玩」

即效溝通用語 111

請推薦…	おすすめの…は、ありますか
你有什麼建議	アドバイスはありますか
能稍做介紹嗎	簡単(かんたん)に紹介(しょうかい)してもらえますか
知名景點	有名(ゆうめい)な観光(かんこう)スポット
知名美食	有名(ゆうめい)なグルメ
購物中心	ショッピングセンター
適合水上活動的地方	ウォータースポーツのできる場所(ばしょ)
非去不可的地方	必(かなら)ず行(い)っておくべき場所(ばしょ)
可以欣賞特殊景色的地方	独特(どくとく)な風景(ふうけい)を楽(たの)しめる場所(ばしょ)
有特殊文化的地方	独特(どくとく)な文化(ぶんか)を持(も)つ場所(ばしょ)
適合全家去的地方	家族(かぞく)で楽(たの)しめる場所(ばしょ)
適合小孩子去的地方	子供向(こどもむ)けの場所(ばしょ)
離這裡最近的景點	ここから一番近(いちばんちか)い観光(かんこう)スポット
哪些地方最好玩	どこが一番面白(いちばんおもしろ)いですか
哪些地方最有名	どこが一番有名(いちばんゆうめい)ですか
那是個什麼樣的地方	そこはどんなところですか
能夠當天來回嗎	日帰(ひがえ)りできますか
是文化遺產嗎	史跡(しせき)ですか
到那裡要多久	そこまで、どのくらいかかりますか

實境應答 112

想看美景、文化遺產…

我想看美景，有推薦的觀光景點嗎？

きれいな景色(けしき)を見(み)たいんですが、おすすめの観光(かんこう)スポットはありますか。

回應　如果您想看美景，我推薦東京鐵塔。

→ 景色(けしき)のきれいなところでしたら、東京(とうきょう)タワーがおすすめです。

盡收東京 23 區景緻

從展望台，能將東京 23 區的景色盡收眼底。

展望台(てんぼうだい)からは、東京(とうきょう)23(にじゅうさん)区(く)が一望(いちぼう)できます。

東京鐵塔的展望台要收費嗎？

展望台(てんぼうだい)は、有料(ゆうりょう)ですか。

回應　是的。成人門票 820 日圓，孩童門票 460 日圓。

→ はい。大人(おとな)820円(はっぴゃくにじゅうえん)、子供(こども)460円(よんひゃくろくじゅうえん)の展望(てんぼう)料金(りょうきん)が必要(ひつよう)です。

展望台營業到幾點？

何時(なんじ)まで営業(えいぎょう)していますか。

回應　營業時間是早上 9 點到晚上 10 點。

→ 朝(あさ)9時(くじ)から夜(よる)10時(じゅうじ)まで営業(えいぎょう)しています。

我還想參觀文化遺產，有推薦的景點嗎？

史跡(しせき)も見(み)たいんですが、おすすめの観光(かんこう)スポットはありますか。

回應　如果要參觀文化遺產，建議您去淺草的淺草寺。

→ 史跡(しせき)でしたら、浅草(あさくさ)にある浅草寺(せんそうじ)がおすすめです。

該去淺草寺

57

詢問「如何到那裡」

即效溝通用語

113

請告訴我…	…を教(おし)えてください
我想去…	…に行(い)きたいです
應該怎麼去…	どう行(い)きますか
可以帶我去嗎	連(つ)れて行(い)ってもらえますか
搭公車可以到達嗎	バスで行(い)けますか
電車／地下鐵	電車(でんしゃ)／地下鉄(ちかてつ)
要搭哪一個路線的公車	何番(なんばん)のバスに乗(の)ればいいですか
要搭哪一個路線的電車	何線(なにせん)に乗(の)ればいいですか
在哪一站上車	どこから乗(の)りますか
在哪一站下車	どこで降(お)りますか
要換車嗎	乗換(のりか)えがありますか
走路能到嗎	歩(ある)いて行(い)けますか
只能搭計程車嗎	タクシーでないと行(い)けませんか
有其他方法嗎	他(ほか)の交通手段(こうつうしゅだん)はありますか
最快到達的交通工具是什麼	一番早(いちばんはや)い交通手段(こうつうしゅだん)は何(なん)ですか
最省錢的交通工具是什麼	一番安(いちばんやす)い交通手段(こうつうしゅだん)は何(なん)ですか
路線圖／地圖	路線図(ろせんず)／地図(ちず)
可以畫給我看嗎	描(か)いてもらえますか
沿途有指標嗎	道(みち)に案内表示(あんないひょうじ)がありますか
往前直走嗎	まっすぐですか

實境應答 114

詢問如何到雷門、淺草寺…

從這裡要怎麼到淺草車站？

ここから浅草駅（あさくさえき）へは、どう行（い）きますか。

回應

那邊是上野車站。

→ あそこに上野駅（うえのえき）があります。

從上野站搭地下鐵銀座線，第 3 站就是淺草站。

上野駅（うえのえき）から地下鉄銀座線（ちかてつぎんざせん）に乗（の）って、

３つ目（みっつめ）の駅（えき）が浅草駅（あさくさえき）です。

第 3 站是淺草站

從淺草車站要怎麼到「雷門」？

浅草駅（あさくさえき）から 雷 門（かみなりもん）へは、どう行（い）きますか。

回應

出了淺草站後、往雷門路直走，右側就能看到「雷門」。

→ 浅草駅（あさくさえき）を出（で）て、 雷 門通（かみなりもんどお）りをまっすぐ行（い）くと、右側（みぎがわ）に 雷 門（かみなりもん）が見（み）えます。

從淺草車站到「雷門」很近嗎？

浅草駅（あさくさえき）から 雷 門（かみなりもん）までは、近（ちか）いですか。

回應

是的，走路只要 5 分鐘。 はい、歩（ある）いて5分（ごふん）です。

淺草寺在哪裡？

浅草寺（せんそうじ）は、どこにありますか。

回應

從「雷門」往仲見世路直走，就能看見淺草寺。

→ 雷 門（かみなりもん）から仲見世通（なかみせどお）りをまっすぐ行（い）くと、浅草寺（せんそうじ）がありま す。

58

詢問「旅遊注意事項」

即效溝通用語 115

我想去…	…に行きたいです
需要注意什麼	どのようなことに注意しなければなりませんか
有特殊禁忌嗎	やってはいけないことはありますか
需要準備什麼	何を準備しなければなりませんか
要注意衣著嗎	服装の注意点はありますか
禦寒衣物／雨衣／雨傘	防寒着／レインコート／傘
防曬品／太陽眼鏡	日焼け止め／サングラス
暈車藥	酔い止めの薬
開放時間	利用可能時間
幾點到幾點	何時から何時までですか
假日開放嗎	休日も入場できますか
孩童可以入場嗎	子供も入場できますか
可以攜帶寵物嗎	ペットも一緒に入場できますか
是免費入場嗎	入場は無料ですか
遊樂設施很刺激嗎	アトラクションは刺激的ですか
要先預約嗎	予約が必要ですか
可以攝影嗎	写真撮影はできますか
可以使用閃光燈嗎	フラッシュを使用しての写真撮影は、できますか
可以餵食動物嗎	動物に餌を与えてもいいですか
有參觀人數限制嗎	入場できる人数に限りがありますか

實境應答 116

詢問滑雪行程注意事項…

我想參加滑雪行程，小孩也可以參加嗎？

スキーツアーに参加したいんですが、子供も一緒に参加できますか。

回應 可以的。國中以上年齡、身體健康，任何人都能參加。

→ はい。中学生以上の健康な方なら、どなたでも参加できます。

參加滑雪行程需要準備什麼？

スキーツアー参加者は、何を準備しなければなりませんか。

回應 參加者請攜帶禦寒衣物、換洗衣物、毛巾。

→ スキーツアー参加者は、防寒着、着替え、タオルを持参してください。

前往滑雪場途中，會走山路嗎？

スキー場までは、山道を通りますか。

回應 巴士會行駛兩小時的山路。

→ バスで山道を2時間走ります。

容易暈車的人請準備暈車藥。

酔い安い方は、酔い止めを用意してください。

要自備暈車藥

滑雪板、滑雪衣、雪靴、護目鏡，可以用租的嗎？

スキー板とスキーウェア、スキーブーツ、ゴーグルは、レンタルできますか。

回應 是的，滑雪場有出租滑雪用具。

→ はい。スキー場で、スキー用品のレンタルを行っています。

59

到旅遊中心尋求協助

即效溝通用語 117

這附近…	この近(ちか)くに…
有旅遊服務中心嗎	観光案内所(かんこうあんないじょ)はありませんか
有中文解說員嗎	中国語(ちゅうごくご)のできるスタッフはいますか
有中文的觀光導覽手冊嗎	中国語(ちゅうごくご)の観光(かんこう)ガイドブックはありますか
請給我（地圖／路線圖）	（地図(ちず)／路線図(ろせんず)）をください
是免費索取嗎	無料(むりょう)ですか
請告訴我如何到…	…への行(い)き方(かた)を教(おし)えてもらえますか
可以幫我…嗎	…してもらえませんか
可以幫我訂車票嗎	乗車券(じょうしゃけん)を予約(よやく)してもらえませんか
可以幫我訂飯店嗎	ホテルを予約(よやく)してもらえませんか
可以幫我安排導遊嗎	ガイドを手配(てはい)してもらえませんか
可以介紹本地的旅行社嗎	地元(じもと)の旅行社(りょこうしゃ)を紹介(しょうかい)してもらえませんか
可以寄放行李嗎	荷物(にもつ)を預(あず)かってもらえませんか
可以兌換外幣嗎	外貨(がいか)を両替(りょうがえ)してもらえませんか
可以幫我租車嗎	レンタカーの手配(てはい)はできますか
可以上網嗎	インターネットはできますか
開放時間到幾點	営業時間(えいぎょうじかん)は何時(なんじ)までですか
今天有開放嗎	今日(きょう)は営業(えいぎょう)していますか
有休館日嗎	定休日(ていきゅうび)はありますか
有旅遊紀念印章嗎	記念(きねん)スタンプはありますか

實境應答 —— 118

到旅遊中心買車票、上網查資訊…

可以在這裡購買定期觀光巴士券、地鐵一日券嗎？

定期観光バスの乗車券と地下鉄1日乗車券は、ここで買えますか。

回應 可以的，您可以在這裡購買。

→ はい、こちらでご購入いただけます。

我要定期觀光巴士券和地鐵一日券，兩種都是全票兩張、兒童票一張。

定期観光バスの乗車券と地下鉄1日乗車券、それぞれ大人2枚、子供1枚ください。

回應 兩種都是全票兩張、兒童票一張。

→ それぞれ大人2枚、子供1枚でございます。

請您確認一下。

お確かめください。

有沒有可以上網查詢旅遊資訊的地方？

インターネットで観光情報を検索できるコーナーは、ありませんか。

回應 那個角落有查詢旅遊資訊專用的電腦。

→ そちらの隅に、観光情報検索用のコンピューターがございます。

有檢索專用電腦

請到那裡查詢。

どうぞ、そちらでご検索ください。

60

請旁人幫忙拍照

即效溝通用語 119

不好意思，麻煩你…	すみませんが…
可以幫我拍照嗎	写真（しゃしん）を撮（と）ってもらえますか
我要和朋友合照	友達（ともだち）と一緒（いっしょ）に撮（と）ってください
要和…一起入鏡	…と一緒（いっしょ）に撮（と）ってください
要以…為背景	…をバックにして撮（と）ってください
整個建築物都要入鏡	建物全体（たてものぜんたい）が入（はい）るようにしてください
可以跟我合照嗎	一緒（いっしょ）に写真（しゃしん）を撮（と）らせてもらえませんか
人要拍大一點	人（ひと）が大（おお）きく写（うつ）るようにしてください
只要拍上半身	上半身（じょうはんしん）だけ入（はい）るようにしてください
請拍全身照	全身（ぜんしん）が入（はい）るように撮（と）ってください
請拍（直的／橫的）	（縦（たて）／横（よこ））にして撮（と）ってください
這是快門	これがシャッターボタンです
這是調整遠近的按鈕	これがズームボタンです
請按這個按鈕	このボタンを押（お）してください
請開閃光燈	フラッシュを使（つか）ってください
按快門前	シャッターを切（き）る前（まえ）に
請數一、二、三	1（いち）、2（に）、3（さん）と数（かぞ）えてください
需要（站近／站遠）嗎	（近（ちか）づいた／離（はな）れた）ほうがいいですか
可以再拍一張嗎	もう一枚（いちまい）撮（と）ってもらえますか
謝謝你的幫忙	ありがとうございました

實境應答 120

請對方開閃光燈、人物在右、景色在左…

麻煩你，可以幫我們拍照嗎？

すみません。写真(しゃしん)を撮(と)ってもらえますか。

回應 好啊，兩位一起嗎？

→ いいですよ。お二人(ふたり)一緒(いっしょ)ですか。

一起入鏡嗎？

是的。請拍成我們在右邊、東京鐵塔在左邊。

はい。私(わたし)たちが右(みぎ)で、東京(とうきょう)タワーが左(ひだり)に来(く)るように撮(と)ってください。

回應 要開閃光燈嗎？ フラッシュは使(つか)いますか。

是的。因為天色暗了，請開閃光燈。

はい。もう暗(くら)いので、フラッシュを使(つか)ってください。

回應 要拍囉，笑一個！ じゃ、撮(と)ります。はい、チーズ。

→ 這樣如何？ どうですか。

有一點晃到，麻煩你再拍一張。

ちょっとぶれているので、もう一枚(いちまい)お願(ねが)いします。

回應 再來一張，笑一個！ もう一枚(いちまい)撮(と)ります。はい、チーズ。

→ 這樣可以嗎？ これでいいですか。

拍得很好，謝謝你。

よく撮(と)れています。ありがとうございました。

61

詢問「旅遊行程的天數」

即效溝通用語

121

這個旅遊行程	このツアー
總共幾天	何日間(なんにちかん)ですか
有天數少一點的行程嗎	日数(にっすう)がもう少(すこ)し短(みじか)いツアーはありますか
有天數多一點的行程嗎	日数(にっすう)がもう少(すこ)し長(なが)いツアーはありますか
可以延長天數嗎	日数(にっすう)の延長(えんちょう)はできますか
可以縮短天數嗎	日数(にっすう)の短縮(たんしゅく)はできますか
延長1天／2天	1日(いちにち)／2日(ふつか)延長(えんちょう)します
減少1天／2天	1日(いちにち)／2日(ふつか)短縮(たんしゅく)します
延長時如何計費	延長(えんちょう)する場合(ばあい)は、料金(りょうきん)はどうなりますか
減少時如何計費	短縮(たんしゅく)する場合(ばあい)は、料金(りょうきん)はどうなりますか
可以中途離團嗎	ツアーを途中(とちゅう)で離脱(りだつ)することはできますか
在市區停留幾天	都市部(としぶ)には何日滞在(なんにちたいざい)しますか
在離島停留幾天	島(しま)には何日滞在(なんにちたいざい)しますか
有幾天自由行	何日(なんにち)のフリープランがありますか
半日遊的行程	半日(はんにち)ツアー
一日遊的行程	1日(いちにち)ツアー
3、4天的行程	3(さん)、4日(よっか)のツアー
一周左右的行程	1週間(いっしゅうかん)ぐらいのツアー
2天1夜／3天2夜	1泊2日(いっぱくふつか)／2泊3日(にはくみっか)
4天3夜／5天4夜	3泊4日(さんぱくよっか)／4泊5日(よんぱくいつか)

實境應答

122

詢問幾天幾夜、自由活動時間…

我想參加伊豆大島的行程，天數最少的是幾天幾夜？

伊豆大島(いずおおしま)に行(い)くツアーに参加(さんか)したいんですが、一番短(いちばんみじか)いツアーは何泊何日(なんぱくなんにち)ですか。

回應 天數最少的行程是當天來回。

→ 一番短(いちばんみじか)いツアーは、日帰(ひがえ)りになります。

當天來回

有停留天數稍微長一點的嗎？

もう少(すこ)し長(なが)く滞在(たいざい)できるツアーはありますか。

回應 我們還有３天２夜、４天３夜的行程。

→ 2泊3日(にはくみっか)と3泊4日(さんぱくよっか)のツアーもございます。

4天3夜的行程會在島上停留幾天？

3泊4日(さんぱくよっか)のツアーは、島(しま)での滞在日数(たいざいにっすう)は何日(なんにち)ですか。

回應 會在島上停留３天。

→ 島(しま)での滞在日数(たいざいにっすう)は、3日(みっか)になります。

4天3夜的行程在抵達當地後，有自由活動時間嗎？

3泊4日(さんぱくよっか)のツアーは、現地到着後(げんちとうちゃくご)にフリータイムはありますか。

回應 第二天的下午、和第三天的上午，是自由活動時間。

→ 2日目(ふつかめ)の午後(ごご)と3日目(みっかめ)の午前(ごぜん)は、フリータイムになっております。

有自由活動時間

62

詢問「旅遊行程的費用」

即效溝通用語 123

跟團的團費	ツアー代金(だいきん)
自由行的費用	フリープランの代金(だいきん)
多少錢	いくらですか
這是什麼費用	これは何(なん)の料金(りょうきん)ですか
這是全部費用嗎	これがすべての代金(だいきん)ですか
包含保險嗎	保険料(ほけんりょう)は含(ふく)まれていますか
交通費	交通費(こうつうひ)
住宿費／食宿費	宿泊料金(しゅくはくりょうきん)／宿泊食事合計料金(しゅくはくしょくじごうけいりょうきん)
導遊費用／小費	ガイド料金(りょうきん)／チップ
有哪些行程	どんな日程(にってい)になっていますか
有自費行程嗎	オプショナルツアーはありますか
兩人同行的話	２人(ふたり)で参加(さんか)すると
有優惠嗎	特典(とくてん)はありますか
嬰兒／孩童是半價嗎	乳児(にゅうじ)／子供(こども)の参加代金(さんかだいきん)は半額(はんがく)になりますか
幾歲以下的孩童半價	何歳以下(なんさいいか)の子供(こども)は半額(はんがく)になりますか
要先付款嗎	代金(だいきん)は先払(さきばら)いですか
要付訂金嗎	申込金(もうしこみきん)が必要(ひつよう)ですか
可以刷卡嗎	カード払(ばら)いもできますか
取消行程會退費嗎	参加(さんか)をキャンセルした場合(ばあい)は、払(はら)い戻(もど)しが受(う)けられますか

實境應答 124

詢問行程費用、費用明細…

這個旅遊行程的費用是多少？

このツアーの代金(だいきん)は、いくらですか。

回應　一共是23000日圓。　23000円(にまんさんぜんえん)でございます。

這個費用包含保險費嗎？

この代金(だいきん)には、保険料(ほけんりょう)は含(ふく)まれていますか。

回應　費用不包含保險。　保険料(ほけんりょう)は含(ふく)まれておりません。

→　保險是自費項目。　保険(ほけん)はオプションになっております。

包含住宿費嗎？

宿泊料金(しゅくはくりょうきん)は含(ふく)まれていますか。

回應　包含三個晚上的住宿費。

→　3泊(さんぱく)の宿泊料金(しゅくはくりょうきん)が含(ふく)まれております。

也包含當地交通費及餐費嗎？

現地交通費(げんちこうつうひ)、食事代(しょくじだい)も含(ふく)まれていますか。

回應　沒有包含抵達當地後的個人花費。

→　現地(げんち)に着(つ)いてからの個人的費用(こじんてきひよう)は、含(ふく)まれておりません。

兩人同行有優惠嗎？

2人(ふたり)で参加(さんか)すると、安(やす)くなりますか。

回應　兩人同行可以打8折。

→　2名様(にめいさま)で参加(さんか)されますと、2割引(にわりびき)になります。

兩人打8折

63 詢問「旅遊行程的內容」

即效溝通用語　125

這個行程的內容	このツアーの日程（にってい）
請說明一下	教（おし）えてください
我想看行程表	スケジュール表（ひょう）を見（み）せてください
會去哪些景點	どんな観光（かんこう）スポットを巡（めぐ）りますか
會去幾個景點	いくつの観光（かんこう）スポットを巡（めぐ）りますか
住哪一間飯店	ホテルはどこに宿泊（しゅくはく）しますか
飯店是幾星級的	ホテルのランクは、星（ほし）いくつですか
五星級／四星級的飯店	5つ星（いつつぼし）ホテル／4つ星（よつぼし）ホテル
有自由活動時間嗎	フリータイムはありますか
購物行程	ショッピング
賞花行程	花（はな）の観賞（かんしょう）
水上活動	ウォータースポーツ
當地祭典	地元（じもと）のお祭（まつ）り
博物館／美術館	博物館（はくぶつかん）／美術館（びじゅつかん）
會去免稅店／名產店嗎	免税店（めんぜいてん）／特産品販売店（とくさんひんはんばいてん）には行（い）きますか
午／晚餐要自理嗎	昼食（ちゅうしょく）／夕食（ゆうしょく）は各自負担（かくじふたん）ですか
一團大約幾人	ツアーの人数（にんずう）は何人（なんにん）ぐらいですか
行程能夠自行調整嗎	スケジュールは自分（じぶん）で調整（ちょうせい）できますか
行程會臨時變更嗎	スケジュールは変更（へんこう）されることもありますか
有導遊嗎	ガイドは同行（どうこう）しますか

實境應答

126

詢問行程內容、推薦重點…

這是一個什麼樣的行程？

これはどんなツアーですか。

回應 這個行程可以享受沖繩美食和海水浴。

→ 沖縄(おきなわ)のグルメと海水浴(かいすいよく)を楽(たの)しむツアーでございます。

這個行程最值得推薦的是什麼？

このツアーのおすすめポイントは何(なん)ですか。

回應 自助式吃到飽的沖繩料理、無人島的海水浴、以及知名豪華飯店住宿。

→ 沖縄料理(おきなわりょうり)のバイキング、無人島(むじんとう)での海水浴(かいすいよく)、有名豪華(ゆうめいごうか)ホテルの宿泊(しゅくはく)でございます。

吃到飽…
海水浴…

會住哪一間飯店？

ホテルはどこに宿泊(しゅくはく)しますか。

回應 會住宿那霸皇家飯店。

→ 那覇(なは)ロイヤルホテルでございます。

這個行程會安排哪些活動？

このツアーは、どのような日程(にってい)になっていますか。

回應 第一天參觀黑糖工廠，第二天是海水浴，第三天則參觀水族館。

→ 1日目(いちにちめ)は黒糖工場見学(こくとうこうじょうけんがく)、2日目(ふつかめ)は海水浴(かいすいよく)、3日目(みっかめ)は水族館見学(すいぞくかんけんがく)となっております。

64

想參加…樣的行程

即效溝通用語 127

我想參加…樣的行程	…プランに参加したいです
賞花行程	花を観賞できるプラン
賞雪行程	雪景色を堪能できるプラン
水上活動的行程	ウォータースポーツを楽しむプラン
泡湯行程	温泉を堪能できるプラン
我想血拼	ショッピングがしたいです
想體驗當地民情	地元の人の人情に触れたいです
想遊覽市區	都市を観光したいです
想參觀風景名勝	景勝地を観光したいです
想搭乘觀光巴士	観光バスを利用します
想到離島度假	島でのバカンスを楽しみたいです
半自助的行程	フリータイムを含むプラン
有導遊全程解說的行程	全日程でガイドが同行するプラン
步調輕鬆悠閒的行程	ゆっくり見て回れるプラン
不要安排太多景點	詰め込みすぎのスケジュールは、好きじゃありません
不想走馬看花	それぞれの観光スポットを、じっくり見たいです
上午／下午出發的行程	午前／午後出発のプラン
早去晚回的行程	午前出発・午後帰りのプラン
當天來回的行程／半日遊的行程	日帰りのプラン／半日のプラン

實境應答

128

詢問賞櫻行程、打算報名…

我想參加賞櫻花的行程。

桜(さくら)の花見(はなみ)を楽(たの)しめるツアーに申(もう)し込(こ)みたいんですが。

回應 我們有市區賞櫻、郊區賞野櫻兩種型態。

都内中心部(とないちゅうしんぶ)で桜(さくら)を楽(たの)しむタイプと、
郊外(こうがい)で自然(しぜん)の桜(さくら)を楽(たの)しむタイプがございます。

市區賞櫻？
郊區賞櫻？

賞花後還想去購物，所以市區賞櫻比較恰當。有推薦的行程嗎？

花見(はなみ)の後(あと)に買(か)い物(もの)も楽(たの)しみたいので、都内中心部(とないちゅうしんぶ)がいいです。

おすすめのツアーはありますか。

回應 您覺得「東京賞櫻行」如何？

東京桜(とうきょうさくら)めぐりツアーはどうでしょうか。

這是遊覽東京都內賞櫻名勝的行程。

都内(とない)の桜(さくら)の名所(めいしょ)を回(まわ)るツアーです。

這個行程除了賞花，還有其他活動嗎？

そのツアーは、花見(はなみ)の他(ほか)には何(なに)をしますか。

回應 還會參觀東京都內的古蹟。 都内(とない)の史跡観光(しせきかんこう)もあります。

有中文導遊隨行嗎？

中国語(ちゅうごくご)でのガイドもついていますか。

回應 有中文語音導覽。 中国語(ちゅうごくご)での音声(おんせい)ガイドがございます。

那我要報名這個行程。

そのツアーに申(もう)し込(こ)みたいです。

65

旅遊天數／人員／預算

即效溝通用語

129

總共幾天	何日間（なんにちかん）のツアーですか
是當天來回的行程嗎	日帰（ひがえ）りツアーですか
兩天的行程	2日間（ふつかかん）のツアー
3～4天的行程	3（さん）、4日間（よっかかん）のツアー
在當地住一晚	現地（げんち）で1泊（いっぱく）します
1個人報名	1人（ひとり）で申（もう）し込（こ）みます
2個人報名	2人（ふたり）で申（もう）し込（こ）みます
總共5個人	合計5人（ごうけいごにん）です
我們是全家報名	私（わたし）たち一家（いっか）での申（もう）し込（こ）みです
2個大人1個小孩	大人（おとな）2人（ふたり）と子供（こども）1人（ひとり）
同行者	同伴者（どうはんしゃ）
包含1個老年人	シニアが1人（ひとり）います
適合孩童／老年人嗎	子供（こども）／シニアも楽（たの）しめますか
預算	予算（よさん）
3萬日圓以內	3万円以内（さんまんえんいない）です
不要超過5萬日圓	5万円（ごまんえん）で収（おさ）まるようにしてください
預算沒有上限	予算（よさん）の上限（じょうげん）はありません
一般等級的旅行團	スタンダードなプラン
豪華旅行團	デラックスなプラン
物美價廉的旅行團	エコノミーなプラン

實境應答 130

報名旅行團，說明自己的人數、預算…

我想參加金澤的旅行團。

金沢を観光するツアーに参加したいんですが。

回應 金澤的旅行團有 2 天 1 夜～4 天 3 夜的行程。

→ 金沢ですと、1 泊 2 日のものから 3 泊 4 日のものまでございます。

您想參加幾天幾夜的行程？

何泊何日のツアーをご希望でしょうか。

幾天幾夜的？

我想參加 2 天 1 夜的行程。

1 泊 2 日のツアーを希望します。

回應 總共幾位參加？ 何名様でのご参加でしょうか。

總共 2 個大人和 1 個小孩。

大人 2 人と子供 1 人です。

回應 您的預算約多少？ ご予算は、どのくらいまででしょうか。

希望 3 個人的全部花費不超過 60000 日圓。

3 人あわせて60000円以内のツアーを希望します。

回應 我們有金澤和白川鄉、及飛驒高山的旅行團。

→ 金沢と白川郷・飛騨高山を観光するツアーがございます。

3 個人的費用總共是 57000 日圓。

3名合計で、57000円でございます。

我要參加那個行程。

そのツアーに参加したいです。

66

購買門票／入場券

即效溝通用語 131

我要買門票／入場券	入場券（にゅうじょうけん）をください
售票處	入場券販売窓口（にゅうじょうけんはんばいまどぐち）
在哪裡	どこですか
門票有幾種	入場券（にゅうじょうけん）にはどのような種類（しゅるい）がありますか
全票／學生票／兒童票	大人入場券（おとなにゅうじょうけん）／学生入場券（がくせいにゅうじょうけん）／子供入場券（こどもにゅうじょうけん）
老人優待票／團體票	シニア入場券（にゅうじょうけん）／団体入場券（だんたいにゅうじょうけん）
一日使用券	1日入場券（いちにちにゅうじょうけん）、フリーパス
單次進出的門票	1回入場券（いっかいにゅうじょうけん）
預售票	前売り券（まえうりけん）
1張／2張／3張門票	入場券1枚（にゅうじょうけんいちまい）／2枚（にまい）／3枚（さんまい）
1張票多少錢	入場券（にゅうじょうけん）は1枚（いちまい）いくらですか
有分場次嗎	時間帯区分（じかんたいくぶん）がありますか
早場／晚場	モーニング／アフタヌーン
星光票（下午6點入場）	ナイト、スターライト（午後6時（ごごろくじ）からの入場（にゅうじょう））
哪一種划算	どれが一番（いちばん）お得（とく）ですか
幾歲以下／幾歲以上／未滿幾歲	何歳以下（なんさいいか）／何歳以上（なんさいいじょう）／何歳未満（なんさいみまん）
幾人以上可以打折	何人以上（なんにんいじょう）だと、割引（わりびき）がありますか
有優惠嗎	割引（わりびき）はありますか
有假日、非假日之分嗎	休日（きゅうじつ）と平日（へいじつ）では、料金（りょうきん）が違（ちが）いますか
兩人同行一人免費嗎	2人（ふたり）で入場（にゅうじょう）すると、1人（ひとり）は無料（むりょう）になりますか

實境應答 ―― 132

詢問票券種類、團體優惠…

入場券有哪幾種？

入場券(にゅうじょうけん)には、どのような種類(しゅるい)がありますか。

回應

有兒童票、全票和老人票。

→ 子供(こども)と大人(おとな)、シニアのチケットがございます。

每一種都有「一次券」和「一日券」。

それぞれ1回入場券(いっかいにゅうじょうけん)と1日入場券(いちにちにゅうじょうけん)がございます。

一次券、一日券

幾歲以上可以買老人票？

何歳(なんさい)からがシニアになりますか。

回應

60歲以上即視為老人。

→ 60歳(ろくじゅっさい)からがシニアになります。

團體購票有優惠嗎？

団体割引(だんたいわりびき)はありますか。

回應

15位以上入場，可以打9折。

→ 15名様以上(じゅうごめいさまいじょう)でご入場(にゅうじょう)の場合(ばあい)は、10%(じゅっパーセント)の割引(わりびき)がございます。

15人以上9折

我要9張全票、3張老人票、3張兒童票，都是一日券。我們有15個人，請幫我們打折。

大人1日券9枚(おとないちにちけんきゅうまい)、シニア1日券3枚(いちにちけんさんまい)、子供1日券3枚(こどもいちにちけんさんまい)ください。

15人(じゅうごにん)いるので割引(わりびき)してください。

67 票券使用注意事項

即效溝通用語

133

使用時	使用上（しようじょう）
有什麼限制嗎	制限（せいげん）がありますか
要注意什麼	注意事項（ちゅういじこう）を教（おし）えてください
有使用期限嗎	使用期限（しようきげん）がありますか
可以使用幾次	何回使用（なんかいしよう）できますか
也可以玩遊樂設施嗎	アトラクションにも乗（の）れますか
只限一次使用嗎	1回（いっかい）のみ使用（しよう）できますか
只限本人使用嗎	本人以外（ほんにんいがい）は使用（しよう）できませんか
只限今天使用嗎	本日（ほんじつ）のみ使用（しよう）できますか
只限單一場次使用嗎	1つ（ひと）の時間区分（じかんくぶん）のみ使用（しよう）できますか
要保留票根嗎	半券（はんけん）は取（と）っておかなければなりませんか
需要蓋章嗎	スタンプがないといけませんか
可以轉讓嗎	他人（たにん）への譲渡（じょうと）はできますか
兩聯一起使用嗎	2枚一緒（にまいいっしょ）に使用（しよう）しますか
一張券的面額是多少	チケットの額面金額（がくめんきんがく）はいくらですか
可以退票嗎	払（はら）い戻（もど）しはできますか
幾天前可以退票	払（はら）い戻（もど）しは何日前（なんにちまえ）までできますか
如果退票…	払（はら）い戻（もど）しをすれば…
會全額退費嗎	全額返金（ぜんがくへんきん）されますか
可以換票嗎	チケットの変更（へんこう）はできますか

實境應答 134

詢問入場券、一日使用券的差異…

有入場券可以玩遊樂設施嗎？

入場券（にゅうじょうけん）があれば、アトラクションにも乗（の）れますか。

回應

只有入場券不能搭乘遊樂設施。

→ 入場券（にゅうじょうけん）のみでは、アトラクションに乗（の）ることはできません。

必須另外購買遊樂設施券。

別（べつ）に乗（の）り物券（ものけん）が必要（ひつよう）です。

要買遊樂設施券

如果有一日使用券，就能玩任何遊樂設施嗎？

フリーパスがあれば、どんなアトラクションでも乗（の）れますか。

回應

只有一日使用券能不限次數暢遊園區內所有遊樂設施。

→ フリーパスのみで、園内全（えんないすべ）てのアトラクションに、何回（なんかい）でもお乗（の）りいただけます。

一日使用券有使用期限嗎？

フリーパスは何日間有効（なんにちかんゆうこう）ですか。

回應

只能在購買當天使用。

→ ご購入当日（こうにゅうとうじつ）のみ有効（ゆうこう）です。

持有一日使用券，不論任何時間都能入場嗎？

フリーパスがあれば、どの時間区分（じかんくぶん）でも入場（にゅうじょう）できますか。

回應

持有一日使用券，可以在任何時間入場。

→ フリーパスですと、どの時間区分（じかんくぶん）でもご入場（にゅうじょう）いただけます。

68

買錯票／買票糾紛

即效溝通用語 —— 135

買錯票了	チケットを誤(あやま)って購入(こうにゅう)してしまいました
應該怎麼辦	どうすればいいですか
多買一張票	1枚多(いちまいおお)く買(か)ってしまいました
少買一張票	1枚少(いちまいすく)なく買(か)ってしまいました
可以和剛才的連號嗎	さっきの番号(ばんごう)の続(つづ)きにしてもらえませんか
可以享受折扣嗎	割引(わりびき)が受(う)けられますか
買錯場次	時間区分(じかんくぶん)を間違(まちが)えて購入(こうにゅう)してしまいました
買錯日期	日(ひ)にちを間違(まちが)えて購入(こうにゅう)してしまいました
我不是要（全票／半票）	購入(こうにゅう)したいのは、（大人(おとな)のチケット／子供(こども)のチケット）ではありません
可以退票嗎	払(はら)い戻(もど)しできますか
可以換票嗎	チケットを変更(へんこう)できますか
退票需要手續費嗎	払(はら)い戻(もど)しは手数料(てすうりょう)がかかりますか
可以退錢嗎	返金(へんきん)してもらえますか
會全額退款嗎	全額返金(ぜんがくへんきん)してもらえますか
可以補票嗎	切符(きっぷ)の精算(せいさん)をお願(ねが)いできますか
要補多少差額	精算金額(せいさんきんがく)は、いくらですか
（剛才）我有拿走票嗎	（さっき）チケットは受(う)け取(と)りましたか
（剛才）少給我一張票	（さっき）チケットが1枚少(いちまいすく)なかったんですが
（剛才）少找錢給我	（さっき）おつりが足(た)らなかったんですが

實境應答 —— 136

買錯票、想辦法更換…

我買錯預售票，可以換票嗎？

前売り券を買い間違えてしまったんですが、券種を変更できませんか。

回應 要換票，請到那邊的售票處詢問。

→ 券種の変更でしたら、そちらのチケットブースで問い合わせてみてください。

前往售票處…

我原本要買 3 張全票、1 張兒童票，結果買成 4 張全票。我可以換票嗎？

大人3枚子供1枚のところを、大人4枚買ってしまいました。券種を変更できませんか。

回應 只要是有效期限內的預售票，就可以換票。

→ 有効期限内の前売り券でしたら、券種の変更ができます。

換票需要手續費嗎？

変更には、手数料がかかりますか。

回應 需要 200 日圓的手續費。

→ 200円の手数料がかかります。

會退差額給我嗎？

差額は返金してもらえますか。

回應 會將扣除 200 日圓手續費後的差額還給您。

→ 差額から200円の手数料を差し引いた金額を、お返しいたします。

69

搭公車／投幣／整理券

即效溝通用語 137

公車站／大型的公車乘車處	バス停留所（ていりゅうじょ）／バス乗り場（のりば）
在哪裡	どこですか
是隨招隨停嗎	フリーストップですか
票價多少錢	運賃（うんちん）はいくらですか
票價如何計算	運賃（うんちん）は、どのように計算（けいさん）しますか
路程長短	乗車距離（じょうしゃきょり）
全線	全線（ぜんせん）
統一價格	均一制運賃（きんいつせいうんちん）
上車投幣／下車投幣	運賃先払い制（うんちんさきばらいせい）／運賃後払い制（うんちんあとばらいせい）
整理券	整理券（せいりけん）（日本公車用來判斷車資的票券）
公車上	車内（しゃない）
可以找錢嗎	おつりが出（だ）せますか
可以換錢嗎	両替（りょうがえ）できますか
公車多久來一班	バスはどのくらいの間隔（かんかく）でありますか
首班車／末班車	始発便（しはつびん）／最終便（さいしゅうびん）
是幾點	何時（なんじ）ですか
幾公分以下	身長（しんちょう）何センチ以下（いか）
幾歲以下／未滿幾歲	何歳以下（なんさいいか）／何歳未満（なんさいみまん）
全票／半票	大人料金（おとなりょうきん）／小児料金（しょうにりょうきん）
普通車／直達車	普通便（ふつうびん）／直行便（ちょっこうびん）

實境應答 —— 138

詢問公車票價如何計算…

請問要在哪裡搭公車？

バスはどこから乗(の)るんですか。

回應 請到那邊的公車站搭車。

→ あそこのバス乗(の)り場(ば)からお乗(の)りください。

要買車票嗎？

乗車券(じょうしゃけん)を買(か)わなければなりませんか。

回應 不用買車票。

→ 乗車券(じょうしゃけん)は必要(ひつよう)ございません。

請在下車時付錢。

バスを降(お)りるときに、運賃(うんちん)をお支払(しはら)いください。

請從後門上車。

後(うし)ろからお乗(の)りください。

後門上車抽取「整理券」

上車時記得抽取「整理券」。

お乗(の)りの際(さい)には、整理券(せいりけん)をお取(と)りください。

我怎麼知道要付多少車資？

いくら払(はら)うかは、どうやってわかりますか。

回應 請看司機座位上方的票價顯示器，支付「整理券」號碼所對應的車資。

→ 運転席上(うんてんせきうえ)の運賃表示器(うんちんひょうじき)を見(み)て、整理券(せいりけん)の番号(ばんごう)の所(ところ)に表示(ひょうじ)されている運賃(うんちん)をお支払(しはら)いください。

根據「整理券」號碼付車資

70

搭公車「該在哪一站下車」

即效溝通用語 139

我想去…	…へ行(い)きたいんですが
這一線的公車	この系統(けいとう)のバスは…
有到達…嗎	…へ行(い)きますか
有經過…嗎	…を通(とお)りますか
應該搭哪一班公車	どのバスに乗(の)ればいいですか
離…最近的是哪一站	…へは、どの停留所(ていりゅうじょ)が一番近(いちばんちか)いですか
要在哪一站下車	どの停留所(ていりゅうじょ)で降(お)りたらいいですか
要在第幾站下車	いくつ目(め)の停留所(ていりゅうじょ)ですか
在第三站下車嗎	3つ(みっ)目(め)の停留所(ていりゅうじょ)ですか
在第四站下車嗎	4つ(よっ)目(め)の停留所(ていりゅうじょ)ですか
是這一站嗎	この停留所(ていりゅうじょ)ですか
是下一站嗎	次(つぎ)の停留所(ていりゅうじょ)ですか
還有一站嗎	次(つぎ)ですか
還有兩站嗎	次(つぎ)の次(つぎ)ですか
這一站是…嗎	この停留所(ていりゅうじょ)が…ですか
到了…的前一站時	…の一(ひと)つ前(まえ)の停留所(ていりゅうじょ)で
請告訴我	教(おし)えてもらえませんか

實境應答 140

請公車司機快到站前提醒…

我要去大阪城，請問該在哪一站下車？

大阪城へ行きたいんですが、どこで降りればいいですか。

回應 要到大阪城，在「大手前」下車是最近的。

→ 大阪城へお越しなら、大手前で降りられると近いです。

從這裡開始算，「大手前」是第幾站？

大手前は、ここからいくつ目の停留所ですか。

回應 從這裡算起是第5站。

→ ここから5つ目です。

不好意思，接近我要下車的那一站時，可以告訴我嗎？

すみませんが、降りる停留所が近づいたら教えてもらえませんか。

回應 好的。

→ わかりました。

接近您要下車的公車站時，我會提醒您。

降りる停留所が近づいたら、お教えします。

請您坐在較前段的座位。

前の方の席にお座りください。

公車行駛一段時間後…

這位客人，下一站就是大手前站了。

お客さん。大手前はこの次です。

謝謝你。

ありがとうございます。

71

公車坐過站／搭錯車／錯過公車

即效溝通用語 —— 141

我要去…	…に行(い)きたいです
坐過站了嗎	乗(の)り過(す)ごしましたか
已經過了幾站？	いくつ前(まえ)ですか
是上一站嗎	1つ前(ひとまえ)ですか
這裡離…很遠嗎	…は、ここから遠(とお)いですか
現在怎麼辦	どうしたらいいですか
要如何回去	どうやって戻(もど)ったらいいですか
可以在這裡下車嗎	ここで降(お)ろしてもらえませんか
可以在下一站下車嗎	次(つぎ)の停留所(ていりゅうじょ)で降(お)ろしてもらえませんか
搭錯車了嗎	系統(けいとう)を間違(まちが)えましたか
在這裡下車後	ここで降(お)りて
要改搭哪一班公車	何系統(なにけいとう)のバスに乗(の)ったらいいですか
剛才有一班公車開走了	さっき1便(ひとびん)行(い)きました
下一班公車是什麼時候	次(つぎ)の便(びん)はいつですか
還有其他班次嗎	まだ便(びん)がありますか
可以搭其他公車嗎	他(ほか)の系統(けいとう)のバスに乗(の)っても行(い)けますか
下一班公車還要等多久	次(つぎ)の便(びん)は、どのくらい待(ま)ちますか
剛開走的是末班車嗎	さっき行(い)ったのは、最終便(さいしゅうびん)ですか

實境應答 142

坐過站了，問司機該怎麼辦…

「山下公園前」還沒到嗎？

山下公園前（やましたこうえんまえ）は、まだですか。

回應 「山下公園前」已經過了喔！

→ 山下公園前（やましたこうえんまえ）は、もう過（す）ぎましたよ。

已經過了幾站？

いくつ前（まえ）ですか。

回應 過了 3 站。

→ 3つ前（みっつまえ）です。

在這裡下車後，往回走可以走得到嗎？

ここで降（お）りて、歩（ある）いて戻（もど）れる距離（きょり）ですか。

回應 我覺得走路太遠了。

→ 歩（ある）いては、ちょっと無理（むり）だと思（おも）います。

請到對面搭乘反方向的公車。

道路（どうろ）の向（む）かい側（がわ）から、反対方向（はんたいほうこう）のバスに乗（の）ってください。

建議到對面搭車

請讓我在下一站下車。

次（つぎ）の停留所（ていりゅうじょ）で降（お）ろしてください。

回應 對向的站牌就在那邊。

→ 反対方向（はんたいほうこう）の停留所（ていりゅうじょ）は、あそこです。

這個時間的話，再等 5 分鐘公車就來了。

この時間（じかん）なら、5分（ごふん）待（ま）てばバスが来（き）ます。

搭計程車，行李要放後行李廂

即效溝通用語

143

我的行李	私(わたし)の荷物(にもつ)
想放在後行李廂	トランクに入(い)れてもいいですか
請打開後行李廂	トランクを開(あ)けてもらえますか
需要加錢嗎	別途(べっと)料金(りょうきん)がかかりますか
要加多少錢	別途(べっと)でいくらかかりますか
我要放一件行李	1つ(ひと)荷物(にもつ)を入(い)れます
這樣的大小	このぐらいの大(おお)きさ
放得進後行李廂嗎	トランクに入(はい)りますか
能放兩件行李嗎	荷物(にもつ)が2つ(ふた)入(はい)りますか
只放得下一件	1つ(ひと)しか入(はい)りません
行李很重	荷物(にもつ)が重(おも)いです
可以幫我搬嗎	手伝(てつだ)ってもらえませんか
後行李廂沒有空間了	トランクがいっぱいになってしまいました
可以放在前座嗎	助手席(じょしゅせき)に置(お)いてもいいですか
可以放在後座嗎	後部座席(こうぶざせき)に置(お)いてもいいですか
我的行李在後行李廂	トランクにある私(わたし)の荷物(にもつ)
我要下車時	降(お)りるときに
請提醒我	忘(わす)れないように言(い)ってもらえますか

實境應答 144

行李要放後行李廂，請司機幫忙…

我的行李很多，這樣方便嗎？

荷物(にもつ)がたくさんあるんですが、いいですか。

回應 沒問題，行李很多也沒關係。

→ ええ。お荷物(にもつ)がたくさんあってもかまいません。

這個行李可以放在後座嗎？

この荷物(にもつ)は、後部座席(こうぶざせき)に置(お)いてもいいですか。

回應 請放在這邊。 どうぞ、ここに置(お)いてください。

使用後行李廂要加錢嗎？

トランクの使用(しよう)は、料金(りょうきん)がかかりますか。

回應 不，不需要加錢。 いいえ、かかりません。

我想把這個包包放在後行李廂。

このかばんは、トランクに入(い)れてもいいですか。

回應 我現在開後行李廂。 今(いま)トランクを開(あ)けます。

這個包包很重，你可以幫我嗎？

このかばんはとても重(おも)いので、手伝(てつだ)ってもらえませんか。

回應 請您提著那一邊。

→ お客(きゃく)さんは、そっち側(がわ)を持(も)ってください。

我來提這一邊。

私(わたし)がこっち側(がわ)を持(も)ちます。

73

告知計程車司機在…下車

即效溝通用語

145

我要去…	…に行きたいです
這個地址	この住所の場所
這間飯店	このホテル
這個地方	この場所
最近的電車車站	一番近い電車の駅
最近的地鐵車站	一番近い地下鉄の駅
最近的百貨公司	一番近くにあるデパート
我要在…下車	…までです
請在…停車	…で止めてください
請在那裡停車	そこで止めてください
前面靠邊停車	そこの歩道に付けてください
前面的十字路口停車	あそこの交差点で止めてください
前面轉角處停車	あそこの角で止めてください
在前面那一棟大樓前停車	あのビルの前で止めてください
下一個紅綠燈停車	次の信号のところで止めてください
請再往前一點	もう少し前までお願いします
請迴轉到對面	向かい側までお願いします
可以在這裡暫停一下嗎	ここでちょっと待っていてもらえませんか
我下車一下	ちょっと降りますね
我馬上回來	すぐ戻りますので（ので是拜託、麻煩別人的語氣）

實境應答 —— 146

司機問 お客さん、どこまでですか。（請問您到哪裡）之後的對話…

距離這裡最近的地鐵車站是哪裡？

ここから一番近い地下鉄の駅は、どこですか。

回應 離這裡最近的是「銀座線」的渋谷站。

→ ここでしたら、銀座線の渋谷駅が一番近いです。

到渋谷站大概要多久？

渋谷駅まで何分くらいかかりますか。

回應 到渋谷站大約要 10 分鐘。

→ 渋谷駅まで１０分くらいかかります。

沒有「日比谷線」的車站嗎？

日比谷線の駅はないですか。

回應 日比谷線的話，恵比壽站是最近的。

→ 日比谷線でしたら、恵比寿駅が一番近いです。

不過，從這裡去要花一點時間。

でも、ここからですと、少し時間がかかります。

到恵比壽站大概要多久？

恵比寿駅まで何分くらいかかりますか。

回應 到恵比壽站大約要 25 分鐘。

→ 恵比寿駅まで２５分くらいかかります。

真的有點遠耶。那我要到渋谷站。

ちょっと遠いですね。じゃ、渋谷駅でお願いします。

74

告知計程車司機趕時間／想改去…

即效溝通用語 147

我趕時間	急(いそ)いでいます
快來不及了	間(ま)に合(あ)わないかもしれません
必須在 30 分鐘內抵達	３０分(さんじゅっぷん)以内(いない)に着(つ)かないといけません
20 分鐘內能抵達嗎	２０分(にじゅっぷん)以内(いない)に着(つ)けますか
9 點前能抵達嗎	9時(くじ)までに着(つ)けますか
在不超速的情況下	スピード違反(いはん)にならない範囲(はんい)で
請開快一點	急(いそ)いでもらえますか
也請注意安全	でも、安全(あんぜん)にはくれぐれも気(き)をつけてください
有沒有捷徑	近道(ちかみち)はありませんか
請走不會塞車的路	渋滞(じゅうたい)しないところを通(とお)ってください
快到了嗎	もうすぐ着(つ)きそうですか
還要多久	あとどのくらいかかりそうですか
對不起，我想改變目的地	すみませんが、目的地(もくてきち)を変更(へんこう)したいです
我要改去…	やっぱり…までお願(ねが)いします
是同一個方向嗎	方向(ほうこう)は同(おな)じですか
是不同方向嗎	方向(ほうこう)が違(ちが)いますか
是在哪一個方向	どっちの方向(ほうこう)ですか
離這裡遠嗎	ここから遠(とお)いですか
這樣順路嗎	回(まわ)り道(みち)にはなりませんか

實境應答 148

搭計程車趕飛機…

司機先生，不好意思，可以開快一點嗎？

運転手さん。すみませんが、急いでもらえますか。

回應　我知道了。

→ わかりました。

怎麼了嗎？

どうされたんですか。

我預定搭 2 點 50 分的飛機，可以在 2 點 20 分之前趕到嗎？

2時５０分の飛行機に乗る予定なんですが、2時２０分までに着けそうですか。

回應　如果沒有塞車，2 點 20 分之前是可以到的。

→ 渋滞がなければ、2時２０分までに着けると思います。

計程車急駛 20 分鐘後…

就快到了。

もうすぐ着きますよ。

出了這個隧道後就是羽田機場。

このトンネルを出れば、羽田空港です。

應該趕得上飛機。謝謝你。
零錢不用找了。

飛行機に間に合いそうです。ありがとうございます。

じゃ、おつりは取っておいてください。

回應　這樣真的可以嗎？謝謝您。

→ いいんですか。ありがとうございます。

75 計程車資的計費／付費

即效溝通用語 149

車資如何計算	運賃(うんちん)は、どのように計算(けいさん)しますか
是跳表計費嗎	メーターで計算(けいさん)しますか
起跳金額是多少	初乗(はつの)り運賃(うんちん)はいくらですか
跳表一次多少錢	メーターは、いくらずつ上(あ)がりますか
幾公尺跳表一次	何(なん)メートルごとに上(あ)がりますか
是以趟計費嗎	定額制運賃(ていがくせいうんちん)ですか
有夜間加成嗎	深夜割増(しんやわりまし)がありますか
夜間加成是幾點到幾點	何時(なんじ)から何時(なんじ)まで、深夜割増(しんやわりまし)がありますか
是晚上 10 點到早上 5 點嗎	夜１０時(よるじゅうじ)から朝5時(あさごじ)までですか
會加幾成	何割増(なんわりまし)ですか
短程	近距離(きんきょり)
長程	遠距離(えんきょり)
計費方式一樣嗎	運賃(うんちん)の計算方法(けいさんほうほう)は同(おな)じですか
使用後車廂	トランクの使用(しよう)
需要加錢嗎	料金(りょうきん)が加算(かさん)されますか
可以刷卡嗎	クレジットカードで支払(しはら)えますか
我只有大鈔	大(おお)きいお金(かね)しかありません
沒有零錢	細(こま)かいお金(かね)がありません
多的車資、找零	おつり
當作小費	チップとして受(う)け取(と)ってください

實境應答 150

詢問計程車資的跳表、包租、過路費…

請問車資如何計算？

運賃(うんちん)は、どのように計算(けいさん)するんですか。

回應

起跳金額是 710 日圓。

→ 初乗(はつの)り運賃(うんちん)が７１０円(ななひゃくじゅうえん)です。

超過 2 公里之後，每 300 公尺加收 90 日圓。

2(に)キロを超(こ)えると、３００(さんびゃく)メートルごとに９０円(きゅうじゅうえん)が加算(かさん)されます。

如果租 1 整天，費用是多少？

1日貸切(いちにちかしきり)だと、いくらになりますか。

回應

如果包租 8 小時，費用是 28000 日圓。

→ 8時間(はちじかん)の貸切(かしきり)の場合(ばあい)ですと、28000円(にまんはっせんえん)になります。

高速公路的過路費呢？

高速道路(こうそくどうろ)の通行料(つうこうりょう)は、どうなりますか。

回應

高速公路的過路費另外算。

→ 高速道路(こうそくどうろ)の通行料(つうこうりょう)も加算(かさん)されます。

過路費另計

停車時的車資怎麼計算？

停車中(ていしゃちゅう)は、どのように計算(けいさん)するんですか。

回應

停車時，每 1 分 45 秒加收 90 日圓。

→ 停車中(ていしゃちゅう)は、1分45秒(いっぷんよんじゅうごびょう)ごとに９０円(きゅうじゅうえん)が加算(かさん)されます。

76

需要電車路線圖

即效溝通用語 151

請給我…	…をください
我需要…	…がほしいです
哪裡可以索取	どこでもらえますか
1張／2張電車路線圖	鉄道路線図(てつどうろせんず)1枚(いちまい)／2枚(にまい)
市區的電車路線圖	市内(しない)の鉄道路線図(てつどうろせんず)
東京都區的電車路線圖	東京都(とうきょうと)鉄道路線図(てつどうろせんず)
東京近郊的電車路線圖	首都圏(しゅとけん)鉄道路線図(てつどうろせんず)
最新版的電車路線圖	最新版(さいしんばん)の鉄道路線図(てつどうろせんず)
方便攜帶的袖珍版電車路線圖	携帯(けいたい)に便利(べんり)なポケット版(ばん)の鉄道路線図(てつどうろせんず)
中文的電車路線圖	中国語版(ちゅうごくごばん)の鉄道路線図(てつどうろせんず)
英文的電車路線圖	英語版(えいごばん)の鉄道路線図(てつどうろせんず)
（指路線圖）這符號是什麼意思	この表示(ひょうじ)はどんな意味(いみ)ですか
（指路線圖）在這一站轉乘嗎	ここで乗(の)り換(か)えできるという意味(いみ)ですか
（指路線圖）在這裡下車嗎	ここで降(お)りるんですか
我該搭哪一線	どの線(せん)に乗(の)ったらいいですか
我該轉搭哪一線	どの線(せん)に乗(の)り換(か)えたらいいですか
如果轉搭這一線地鐵…	この地下鉄線(ちかてつせん)に乗(の)り換(か)える場合(ばあい)…
要出車站嗎	改札口(かいさつぐち)を出(で)なければなりませんか
有首末班車時間嗎	始発便(しはつびん)と最終便(さいしゅうびん)の時刻(じこく)が書(か)かれていますか

實境應答 152

到車站索取繁體中文的電車路線圖…

請問哪裡有電車路線圖？

てつどう ろ せん ず
鉄道路線図はありませんか。

回應 到旅客服務中心應該有。

→ インフォメーションセンターに行(い)けば、ありますよ。

來到車站內的旅客服務中心…

我想要電車路線圖。

てつどう ろ せん ず
鉄道路線図をください。

站務員 回應 電車路線圖在這裡。

てつどう ろ せん ず
→ 鉄道路線図は、こちらです。

有沒有中文版的？

ちゅうごく ご ばん
中国語版のはありませんか。

站務員 回應 有繁體字版和簡體字版的。

はんたい じ ばん　かんたい じ ばん
→ 繁体字版と簡体字版がございます。

您需要哪一種？

どちらがよろしいですか。

繁體字？簡體字？

請給我繁體字版的。

はんたい じ ばん
繁体字版をください。

站務員 回應 這是您要的繁體字版。

はんたい じ ばん
→ こちらが繁体字版です。

77

詢問「電車時刻」

即效溝通用語 153

有電車時刻表嗎	鉄道時刻表(てつどうじこくひょう)はありますか
電車多久來一班	電車(でんしゃ)は何分(なんぷん)に１便(ひとびん)ありますか
電車每 10 分鐘一班	電車(でんしゃ)は１０分(じゅっぷん)に１便(ひとびん)あります
一小時有幾班電車	電車(でんしゃ)は１時間(いちじかん)に何便(なんびん)ありますか
尖峰時間	通勤時間帯(つうきんじかんたい)
離峰時間	昼間時間帯(ひるまじかんたい)
下一班電車	次(つぎ)の電車(でんしゃ)
是什麼時候	いつですか
還有幾分鐘	あと何分(なんぷん)ですか
剛才有一班電車剛開走嗎	さっき１便(ひとびん)行(い)ったばかりですか
首班電車	始発便(しはつびん)
末班電車	最終便(さいしゅうびん)
幾點幾分發車	何時何分(なんじなんぷん)に出(で)ますか
趕得上末班電車嗎	最終便(さいしゅうびん)に間(ま)に合(あ)いますか
（電車）一向準時嗎	（電車(でんしゃ)は）いつも時間通(じかんどお)りに動(うご)いていますか
（電車）誤點了嗎	（電車(でんしゃ)が）遅(おく)れていますか
（電車）為何誤點	どうして（電車(でんしゃ)が）遅(おく)れていますか
假日（電車）班次少	休日(きゅうじつ)は（電車(でんしゃ)の）便(びん)が少(すく)ないです
平日（電車）班次多	平日(へいじつ)は（電車(でんしゃ)の）便(びん)がたくさんあります

實境應答

154

詢問電車班次、首班車發車時間…

從東京車站開往新宿的電車，一小時有幾班？

東京駅から新宿行きの電車は、1時間に何便ありますか。

回應 中午時段是一小時13班車。

→ お昼の時間帯は、1時間に13便です。

其他時段是一小時19班車。

その他の時間は、1時間に19便あります。

東京車站開往新宿的第一班電車，早上幾點發車？

朝一番の新宿行きは、東京駅を何時に出ますか。

回應 早上4點半從東京車站發車。

→ 東京駅を、午前4時30分に出ます。

如果錯過這班車，下一班是什麼時候？

これを逃すと、次は何時ですか。

回應 早上4點半的班次之後，是早上4點45分。

→ 午前4時30分の次は、午前4時45分です。

搭早上4點半的電車，什麼時候會到達新宿車站？

午前4時30分の便に乗ると、新宿駅には何時に着きますか。

回應 搭早上4點半的電車，4點50分會到達新宿車站。

→ 午前4時30分の便に乗ると、新宿駅には、4時50分に着きます。

4:50到新宿

78

買電車票／退票／換票

即效溝通用語 155

電車票	電車の乗車券
車票有幾種	どのような乗車券がありますか
在哪裡買票	乗車券はどこで買いますか
在車站櫃檯購買嗎	駅の窓口で買いますか
自動售票機	券売機
接受紙鈔嗎	紙幣も使えますか
會找零嗎	おつりもでますか
有兌幣機嗎	両替機はありますか
單程票／周遊券	片道の乗車券／周遊切符
一日周遊券	1日乗車券
不限次數	何回でも
不限電車或地鐵	電車でも地下鉄でも
限當天使用	購入日当日のみ使用できます
有區域限制嗎	有効区間がありますか
有路線限制嗎	経路指定がありますか
可以使用幾天	何日間有効ですか
第一次刷票後，兩天內有效嗎	改札後、2日間有効ですか
買錯車票了	乗車券を買い間違えてしまいました
可以退票／換票嗎	乗車券の払い戻し／乗車券の変更はできますか
要補多少差額	差額がいくら必要ですか

實境應答 —— 156

已買票，想換成划算的周遊券…

「箱根周遊券」是什麼樣的車票？

箱根フリーパスって、どんな乗車券ですか。

回應 是往返箱根、以及搭乘箱根當地交通工具的套票。

→ 箱根までの往復、箱根での乗り物がセットになったチケットです。

比起個別購買票券，周遊券便宜多少？

それぞればらばらで買うのと比べて、いくら得ですか。

回應 使用箱根周遊券可以省 1330 日圓。

→ 箱根フリーパスをご使用になると、１３３０円のお得になります。

我不知道有箱根周遊券，已經買了往箱根的單程票…

箱根フリーパスを知らなかったので、箱根までの片道の乗車券を買ってしまいました。

回應 如果買錯票，在購票當天補差額就能換票。

→ 誤って購入された場合は、購入当日であれば、差額をいただいての変更は可能です。

補差額可以換票

車票是今天早上買的。
請幫我換成箱根周遊券。

乗車券は今朝購入したものです。

箱根フリーパスに変更してください。

79

該搭哪一線電車／搭錯電車

即效溝通用語 157

我要到…	…に行きたいです
該搭哪一線電車	どの線に乗ればいいですか
需要換車嗎	乗換えがありますか
要換搭那一線電車	どの線に乗り換えますか
要在哪裡換車	どこで乗り換えますか
如果搭乘這一線電車	この線に乗れば
有到達…嗎	…に行けますか
這是哪一站	ここは何駅ですか
下一站是…嗎	次の駅は…ですか
請幫我看看，做個確認	ちょっと見てほしいんですが
我搭錯電車了嗎	私は電車を乗り間違えていませんか
方向相反了嗎	方向が反対ですか
現在該怎麼辦	どうすればいいですか
應該在下一站下車嗎	次の駅で降りたほうがいいですか
要往回坐嗎	反対方向の電車に乗って、戻ればいいですか
該搭哪一個方向的電車	どっちの方向の電車に乗ればいいですか
要搭反方向的電車嗎	反対方向の電車に乗ればいいですか
必須出電車車站嗎	駅の改札を一旦出なければなりませんか
必須重新買票嗎	乗車券を買い直さなければなりませんか
必須補票嗎	運賃を精算しなければいけませんか

實境應答

158

誤搭反方向電車、要返回…

這是哪一站？

ここはどこですか。

回應 這裡是渋谷。

→ ここは渋谷（しぶや）です。

這輛電車是開往池袋嗎？

この電車（でんしゃ）は、池袋（いけぶくろ）に行（い）きますか。

回應 這輛電車不會開往池袋。

→ この電車（でんしゃ）は、池袋（いけぶくろ）には行（い）きません。

這班車不到池袋

池袋不是這個方向。

池袋（いけぶくろ）は、こっちの方向（ほうこう）ではありません。

要去池袋的話，該怎麼去？

池袋（いけぶくろ）に行（い）くには、どうすればいいですか。

回應 必須搭乘反方向的電車回去。

→ 反対方向（はんたいほうこう）の電車（でんしゃ）に乗（の）って、戻（もど）らなければなりません。

搭反方向的電車，往回幾站才是池袋？

反対方向（はんたいほうこう）の電車（でんしゃ）に乗（の）って、何駅戻（なんえきもど）ったら池袋（いけぶくろ）ですか。

回應 搭乘反方向的電車，往回 7 站就是池袋。

→ 反対方向（はんたいほうこう）の電車（でんしゃ）に乗（の）って、
7 駅戻（ななえきもど）ったら、池袋（いけぶくろ）です。

往回搭 7 站

80

轉乘電車

即效溝通用語 159

我要到…	…に行きたいです
需要換車嗎	乗換えが必要ですか
要換哪一線電車	どの線に乗り換えですか
要在哪裡換車	どこで乗り換えですか
是在這一站換車嗎	この駅で乗り換えですか
是在下一站換車嗎	次の駅で乗り換えですか
可以在這一站換車嗎	この駅で乗り換えができますか
還有幾站要換車	いくつ後の駅で乗り換えですか
要換地下鐵嗎	地下鉄に乗り換えですか
要出電車站嗎	改札から出なければいけませんか
出站後必須再買票嗎	改札を出て、乗車券を購入しなければいけませんか
要換幾次車	何回乗り換えがありますか
要在哪一個月台換車	何番線からの乗り換えですか
我要搭乘…線	…線に乗り換えたいです
是在第 2 月台換車嗎	2番線からの乗り換えですか
請問 14 月台在哪裡	14番線はどこですか

實境應答 160

要到某地，需要轉電車…

我想去自由之丘，請問該怎麼去？

自由が丘に行きたいんですが、どう行けばいいですか。

回應

先搭山手線坐到渋谷。

→ 山手線に乗って渋谷まで行ってください。

接著再轉搭「東橫線」。

それから、東横線に乗り換えてください。

需要換車

搭乘山手線，但下錯車站…

我想去自由之丘，是在這一站換車嗎？

自由が丘に行きたいんですが、ここで乗り換えですか。

站務員 回應

不是在這一站，是在渋谷換車。

→ ここではなく、渋谷で乗り換えです。

這裡是原宿。

ここは、原宿です。

渋谷才能換車

要怎麼到渋谷

渋谷へは、どう行きますか。

站務員 回應

從這裡坐電車，坐一站就是渋谷了。

→ ここから電車に乗って1駅行くと、渋谷です。

需要重新買票嗎？

乗車券を買い直さなければなりませんか。

站務員 回應

不需要，請用這張車票搭乘。

→ いいえ。この券を持ってお乗りください。

81

找電車月台

即效溝通用語 161

我要搭乘…線	…線に乗りたいです
往…的電車	…行きの電車
在哪一個月台搭車	何番線から乗りますか
是在這個月台搭車嗎	このホームから乗りますか
是在這一側搭車嗎	ホームのこちら側から乗りますか
（搭乘環狀線時詢問）月台兩側的電車都能抵達…嗎	（環状線に乗るとき）ホームのどちら側から乗っても…に行けますか
（搭乘環狀線時詢問）月台哪一側的電車距離…比較近	（環状線に乗るとき）どちら側から乗ったほうが…に近いですか
是在對面月台搭車嗎	向かいのホームから乗りますか
如何前往對面月台	向かいのホームには、どうやって行きますか
這是幾號月台	ここは何番線ですか
…號月台在哪裡	…番線はどこですか
我走錯月台了嗎	ホームを間違えていますか
這個位置是前端車廂嗎	先頭車両の停車位置は、ここですか
這個位置是後端車廂嗎	最後尾車両の停車位置は、ここですか
要上樓梯嗎	階段を上がりますか
要下樓梯嗎	階段を下りますか
有電梯嗎	エレベーターがありますか
有手扶梯嗎	エスカレーターがありますか

實境應答 162

找月台、找免提行李的手扶梯…

我想去武藏浦和，請問應該搭哪一線電車？

武蔵浦和(むさしうらわ)に行(い)きたいんですが、何線(なにせん)に乗(の)ればいいですか。

回應 要到武藏浦和，要搭埼京線的上行電車。

→ 武蔵浦和(むさしうらわ)でしたら、埼京線(さいきょうせん)の上(のぼ)りになります。

埼京線的上行電車要在哪裡搭車？

埼京線(さいきょうせん)の上(のぼ)りの電車(でんしゃ)は、どこから乗(の)りますか。

回應 下一班埼京線的上行電車，會停靠 4 號月台。

→ 次(つぎ)の埼京線(さいきょうせん)の上(のぼ)りの電車(でんしゃ)は、4 番線(よんばんせん)に止(と)まります。

4 號月台要怎麼走？

4 番線(よんばんせん)へはどうやって行(い)きますか。

回應 從那邊下地下道後、右轉直走。

→ そこから地下道(ちかどう)に下(お)りて、右(みぎ)にまっすぐ行(い)ってください。

爬上第 2 個樓梯，就是 4 號月台。

2つ目(ふたつめ)の階段(かいだん)を上(あ)がると、4 番線(よんばんせん)です。

我有很多行李，有電梯或手扶梯嗎？

荷物(にもつ)がたくさんあるんですが、エレベーターかエスカレーターはありませんか。

回應 搭那邊的手扶梯上去，右轉直走也可以到4號月台。

→ あのエスカレーターを上(あ)がって、右(みぎ)にまっすぐ行(い)っても、4 番線(よんばんせん)に行(い)けます。

82

找電車站出口

即效溝通用語 163

我要到…	…に行(い)きたいです
該走哪一個出口	何番出口(なんばんでぐち)から出(で)ればいいですか
有出口周邊說明圖嗎	出口(でぐち)に周辺図(しゅうへんず)がありますか
下電車之後	電車(でんしゃ)を降(お)りて
左轉嗎／右轉嗎	左(ひだり)／右(みぎ)に進(すす)みますか
距離…最近的	…に一番近(いちばんちか)いのは
是哪一個出口	何番出口(なんばんでぐち)ですか
東口／西口	東口(ひがしぐち)／西口(にしぐち)
南口／北口	南口(みなみぐち)／北口(きたぐち)
…出口，在哪裡	…出口(でぐち)はどこですか
…出口，該怎麼走	…出口(でぐち)へはどう行(い)きますか
…出口，在哪一個方向	…出口(でぐち)はどの方向(ほうこう)ですか
…出口，是要往前走嗎	…出口(でぐち)へはまっすぐ行(い)けばいいですか
總共有幾個出口	出口(でぐち)は全部(ぜんぶ)でいくつありますか
只有一個出口嗎	出口(でぐち)は1つ(ひと)だけですか
從這個出口出去	この出口(でぐち)から出(で)て
可以到…嗎	…に行(い)けますか
如果走錯出口	出口(でぐち)を間違(まちが)えた場合(ばあい)は
應該怎麼辦	どうすればいいですか
會繞一大圈嗎	遠回(とおまわ)りになりますか

實境應答

164

詢問離目的地最近的出口…

我想去淺草寺，從幾號出口出去最近？

浅草寺(せんそうじ)に行(い)きたいんですが、何番出口(なんばんでぐち)が一番近(いちばんちか)いですか。

回應 6號出口最近。

→ 6番出口(ろくばんでぐち)が一番近(いちばんちか)いです。

不過，從那個出口出去，到淺草寺的路可能不太好找。

でも、出口(でぐち)を出(で)てから浅草寺(せんそうじ)までの道(みち)がわかりにくいかもしれません。

到淺草寺最簡單明瞭的路線，是從幾號出口出去？

浅草寺(せんそうじ)までの道(みち)が一番(いちばん)わかりやすいのは、何番出口(なんばんでぐち)ですか。

回應 1號出口會通往大馬路，應該是最簡單易懂的路線。

→ 1番出口(いちばんでぐち)は大通(おおどお)りに出(で)ますので、一番(いちばん)わかりやすいと思(おも)います。

1號出口是哪一個？

1番出口(いちばんでぐち)はどっちですか。

回應 1號出口在這個方向。

→ 1番出口(いちばんでぐち)はこちらの方向(ほうこう)です。

往前直走就能到1號出口嗎？

まっすぐ行(い)けば1番出口(いちばんでぐち)に着(つ)きますか。

回應 這個方向直走，出了左側的刷票口後，再往前直走。

→ こちらの方向(ほうこう)にまっすぐ行(い)って、左側(ひだりがわ)にある改札口(かいさつぐち)を出(で)て、まっすぐ行(い)ってください。

83

租車

即效溝通用語 165

我想租車	レンタカーを借(か)りたいです
有哪幾種車	どんな車種(しゃしゅ)がありますか
一般轎車／休旅車	セダン／RV(アールブイ)
七人座的車子	7人(ななにん)乗(の)りのタイプ
四輪傳動的車子	4WD(よんダブリューディー)
較省油的車／最新的車	燃費(ねんぴ)のいい車(くるま)／新型車種(しんがたしゃしゅ)
手排車／自排車	マニュアル車(しゃ)／オートマチック車(しゃ)
有衛星導航嗎	カーナビは付(つ)いていますか
租金怎麼算	レンタル料金(りょうきん)はどのように計算(けいさん)しますか
有價目表嗎	料金表(りょうきんひょう)はありますか
租金包含保險嗎	保険料(ほけんりょう)は、レンタル料金(りょうきん)に含(ふく)まれていますか
要付押金嗎	保証金(ほしょうきん)が必要(ひつよう)ですか
如果超過歸還時間	返却予定時間(へんきゃくよていじかん)を超過(ちょうか)した場合(ばあい)は
逾期費用如何計費	超過料金(ちょうかりょうきん)はどのように計算(けいさん)しますか
可以看車子嗎	車(くるま)を見(み)せてもらえますか
要出示證件嗎	身分証明書(みぶんしょうめいしょ)の提示(ていじ)が必要(ひつよう)ですか
需要哪些證件	どのような身分証明書(みぶんしょうめいしょ)が必要(ひつよう)ですか
護照／國際駕照	パスポート／国際免許証(こくさいめんきょしょう)
油箱已經加滿了嗎	ガソリンは満(まん)タンに入(はい)っていますか
可以在其他據點還車嗎	他(た)の営業所(えいぎょうしょ)で返却(へんきゃく)することはできますか

實境應答

166

詢問租車價格…

我想租車。

レンタカーを借りたいんですが。

回應　您要從什麼時候租到什麼時候？

→ 何月何日の何時から何月何日の何時までのレンタルをご希望ですか。

我想租 6 月 15 日上午 10 點～6 月 17 日下午 6 點。

６月１５日の午前１０時から６月１７日の午後６時までのレンタルを希望します。

回應　您希望在哪個據點取車？在哪個據點還車？

→ どちらの営業所からの出発で、どちらの営業所での返却をご希望ですか。

我要在心齋橋據點出發，在關西機場還車。

心斎橋営業所からの出発で、関西空港での返却でお願いします。

回應　您想租什麼樣的車種？

→ どのような車種をご希望ですか。

想租…車種？

想租一般轎車或休旅車，請幫我算一下兩種各是多少錢？

セダン、ＲＶで、それぞれいくらになるか計算してみてください。

回應　一般轎車是 17300 日圓，休旅車是 21200 日圓。

→ セダンですと１７３００円、ＲＶですと２１２００円になります。

84

詢問「附近的其他門市」

即效溝通用語

167

這附近…	この近くに…
有其他門市嗎	他の店舗はありますか
在東京還有其他門市嗎	東京都内に他の店舗はありますか
在…附近有門市嗎	…の近くには店舗はありますか
總共有幾個門市	全部で何店舗ありますか
離…最近的門市	…に一番近い店舗
離車站最近的門市	駅から一番近い店舗
占地最廣的門市	売場面積の一番広い店舗
商品最齊全的門市	商品ラインナップが一番充実している店舗
人潮最多的門市	一番賑わっている店舗
要怎麼去那裡	そこにはどう行きますか
請告訴我地址	住所を教えてください
請告訴我電話	電話番号を教えてください
有其他門市的簡介嗎	他店舗紹介のチラシはありますか
哪一個門市有存貨	どの店舗に在庫がありますか
我要去那裡買	そこに買いに行きます
各門市的促銷、減價活動都一樣嗎	キャンペーン、セールはどの店舗でも同じですか
各門市的營業時間都一樣嗎	営業時間はどの店舗でも同じですか
各門市的售價都一樣嗎	商品の値段はどの店舗でも同じですか

實境應答 —— 168

想知道附近其他門市是否有存貨…

這附近有其他門市嗎？

この近(ちか)くに他(ほか)の店舗(てんぽ)はありますか。

回應 → 這附近，在新宿 3 丁目、歌舞伎町、高田馬場都有門市。

この近(ちか)くですと、新宿(しんじゅく)3丁目(さんちょうめ)、歌舞伎町(かぶきちょう)、高田馬場(たかだのばば)に店舗(てんぽ)がございます。

這附近哪一個門市規模最大？

この近(ちか)くでは、どの店舗(てんぽ)が一番大(いちばんおお)きいですか。

回應 → 這附近的話，新宿 3 丁目的規模最大。

この近(ちか)くですと、新宿(しんじゅく)3丁目(さんちょうめ)の店舗(てんぽ)が一番大(いちばんおお)きいです。

我想要這件洋裝的 M 號，請幫我查一下新宿 3 丁目門市有沒有存貨。

このワンピースのM(エム)がほしいんですが、新宿(しんじゅく)3丁目(さんちょうめ)の店舗(てんぽ)に行(い)けばまだあるか、調(しら)べてもらえませんか。

回應 → 好的，我來處理。

かしこまりました。

我幫您查一下新宿 3 丁目是否有庫存。

新宿(しんじゅく)3丁目(さんちょうめ)の店舗(てんぽ)に在庫(ざいこ)があるか、お調(しら)べいたします。

店員查詢哪裡的門市有庫存…

新宿 3 丁目也賣完了。

新宿(しんじゅく)3丁目(さんちょうめ)の店舗(てんぽ)でも売(う)り切(き)れでございます。

距離最近、又有庫存的是高田馬場的門市。

一番近(いちばんちか)い所(ところ)で高田馬場(たかだのばば)に在庫(ざいこ)がございます。

85

詢問「營業時間」

即效溝通用語

169

營業時間	営業時間（えいぎょうじかん）
是幾點到幾點	何時（なんじ）から何時（なんじ）までですか
幾點開始營業	営業（えいぎょう）は何時（なんじ）からですか
幾點打烊	閉店（へいてん）は何時（なんじ）ですか
（打電話詢問）今天有營業嗎	（電話（でんわ）で聞（き）く）今日（きょう）は営業（えいぎょう）していますか
所有的門市	どの店舗（てんぽ）も
營業時間都一樣嗎	営業時間（えいぎょうじかん）は同（おな）じですか
24小時營業嗎	２４時間営業（にじゅうよじかんえいぎょう）ですか
下午有休息嗎	午後（ごご）に休業時間（きゅうぎょうじかん）がありますか
最晚的點餐時間是幾點	ラストオーダーは何時（なんじ）ですか
全部賣完就打烊嗎	売切（うりき）れ次第閉店（しだいへいてん）になりますか
有公休日嗎	定休日（ていきゅうび）はありますか
哪一天是公休日	定休日（ていきゅうび）はいつですか
星期一公休嗎	月曜日（げつようび）は定休日（ていきゅうび）ですか
全年無休嗎	年中無休（ねんじゅうむきゅう）ですか
平日／假日的營業時間	平日（へいじつ）／休日（きゅうじつ）の営業時間（えいぎょうじかん）
國定假日	祝日（しゅくじつ）
新年假期有營業嗎	年末年始（ねんまつねんし）は営業（えいぎょう）していますか
會延長營業時間嗎	営業時間（えいぎょうじかん）を延長（えんちょう）しますか
會提早打烊嗎	早（はや）く閉店（へいてん）しますか

實境應答

170

詢問營業時間、最晚點餐時間…

平日的營業時間是幾點到幾點？

へいじつ　なんじ　なんじ　えいぎょう
平日は何時から何時まで営業していますか。

回應 營業時間是早上 10 點到晚上 8 點。

あさじゅうじ　よるはちじ　えいぎょう
→ 朝10時から夜８時まで営業しています。

周末營業到幾點？

どにち　なんじ
土日は何時までですか。

回應 周末營業到晚上 9 點。

どにち　よるくじ
→ 土日は夜9時までです。

周末營業到…

有公休日嗎？

ていきゅうび
定休日はありますか。

回應 每個月的第三個星期二是公休日。

まいつきだいさんかようび　ていきゅうび
→ 毎月第３火曜日が定休日です。

公休日是…

最晚的點餐時間是幾點？

なんじ
ラストオーダーは何時ですか。

回應 晚上 8 點半。

ごごはちじさんじゅっぷん
→ 午後8時３０分です。

86

哪裡買得到／哪裡製造的

即效溝通用語

171

我想買…	…がほしいです
雜誌上的這個東西	雑誌に載っているこれ
海報上的商品	ポスターのと同じ商品
DM上的特價商品	チラシの特価品
和這個一樣的東西	これと同じ商品
這個東西	これ
哪裡買得到	どこで購入できますか
百貨公司／地下街	デパート／地下街
便利商店／書店	コンビニ／書店
藥妝店／超市	ドラッグストア／スーパー
秋葉原電器街	秋葉原電気街
超市有賣嗎	スーパーにありますか
只有百貨公司有賣嗎	デパートにしかありませんか
有專賣店嗎	専門店がありますか
可以在網路上購買嗎	インターネットで購入できますか
這是哪裡製造的	製造国はどこですか
有日本製的嗎	日本製のはありますか
產地／製造地是哪裡	産地／製造地はどこですか
全部都是日本製的嗎	どれも日本製ですか
請給我看製造地標示	製造地表示を見せてください

實境應答 172

照片中的東西，哪裡買得到…

有沒有賣照片上的這個東西？

この写真(しゃしん)の商品(しょうひん)はありませんか。

回應 沒有相同的，不過這個是同一型的。

→ これと同(おな)じではありませんが、同(おな)じタイプなら、こちらの商品(しょうひん)になります。

只有同型的

這和照片上的，機能都一樣嗎？

この写真(しゃしん)の商品(しょうひん)とこの商品(しょうひん)は、機能(きのう)は全(まった)く同(おな)じですか。

回應 和照片上的機能大致相同，但設計不同。

→ この写真(しゃしん)の商品(しょうひん)とこの商品(しょうひん)は、基本的(きほんてき)な機能(きのう)は同(おな)じですが、デザインが違(ちが)います。

沒有和照片的完全一樣的嗎？

これと全(まった)く同(おな)じのはないんですか。

回應 不好意思。

→ すみません。

我們沒有販售跟這個完全一樣的。

これと全(まった)く同(おな)じものは、扱(あつか)っておりません。

沒有完全一樣的

哪裡買得到這個東西？

どこに行(い)けば、この商品(しょうひん)がありますか。

回應 這個商品只有在這個品牌的專賣店販售。

→ この商品(しょうひん)は、このブランドのお店(みせ)にしか売(う)っておりません。

87

婉拒太熱情的店員

即效溝通用語 173

＊(註) 下面的 ので 和 かと 都是委婉的拒絕語氣，但兩者用法稍有不同。
　ので：因為…，所以我不想…
　かと：我不贊同…，但這可能是我個人的看法…

我想自己看…	自分(じぶん)で見(み)ますので
我只是隨意看看…	見(み)ているだけなので
不用招呼我	接客(せっきゃく)はけっこうです
不用替我介紹	紹介(しょうかい)はけっこうです
我要考慮一下…	考(かんが)えますので
我想多比較再決定	いろいろ比(くら)べてみますので
我等一下再來買	また来(き)ますので
我買一個就夠了	1つ(ひと)で足(た)りますので
我覺得這不適合我…	私(わたし)にはちょっと似合(にあ)わないかと
我覺得這個東西太普通了…	ちょっと平凡(へいぼん)すぎるかと
這不是我想要的	私(わたし)がほしいのとちょっと違(ちが)うので
我不需要這個	こういうのがほしいわけじゃないので
我真的不需要	本当(ほんとう)に、こういうのは必要(ひつよう)ないので
我不太喜歡這個	あまり好(す)きじゃないので
這種東西我有很多了	こういうのはたくさん持(も)っているので
我沒帶這麼多錢…	そんなにお金(かね)がないので
我不應該再花錢了	もうこれ以上(いじょう)お金(かね)は使(つか)えないので
朋友叫我，我得離開了	友達(ともだち)が待(ま)っているので

實境應答 174

店員熱情推銷、委婉拒絕…

需要我為您介紹熱門商品嗎？

よく出ている商品をご紹介いたしましょうか。

回應 我沒有特別想買正流行的東西…

→ 別に流行っているものが買いたいわけではないので…

那件套裝是今天剛進貨的新款，要不要試穿看看？

そのスーツは、今日入荷したばかりの新作です。試着されますか。

回應 我不會特別想買新款…

→ 別に新作が買いたいわけではないので…

那件褲子是目前熱賣的人氣商品。價格也適中，很划算喔！

そのパンツは、今売れている人気商品です。お値段もお手ごろで、お買い得ですよ。

回應 這不是我的喜好…

→ ちょっと私の趣味に合いません。

我覺得您蠻適合這種衣服的。

お客様でしたら、これなんかお似合いだと思いますが。

回應 是嗎？我比較喜歡貼身一點的。

→ そうですか。私はもう少しタイトなのが好みですが。

我想自己選擇，請讓我自己看一下。

自分で選ぶので、一人で見させてください。

88

買化妝品、保養品

即效溝通用語

175

我想買…	…がほしいです
化妝品／保養品	化粧品(けしょうひん)／スキンケア用品(ようひん)
美白產品／去角質產品	美白用品(びはくようひん)／角質除去用品(かくしつじょきょようひん)
防曬乳／隔離霜	日焼(ひや)け止(ど)めミルク、日焼(ひや)け止(ど)めクリム／メークアップベース
防曬係數 30 以上	ＳＰＦ３０(エスピーエフさんじゅう)以上(いじょう)
口紅／香水	口紅(くちべに)／香水(こうすい)
粉餅／粉底液	パウダーファンデーション／リキッドファンデーション
睫毛膏／眉筆／眼影	マスカラ／アイブロウ／アイシャドウ
化妝水／乳液／面膜	化粧水(けしょうすい)／乳液(にゅうえき)／パック
有推薦的產品嗎	おすすめの製品(せいひん)はありませんか
可以試用嗎	試(ため)してみてもいいですか
最新款是哪一種	どれが最新(さいしん)の製品(せいひん)ですか
(乾性／中性／油性）肌膚	（ドライ／ノーマル／オイリー）スキン
混合性肌膚／敏感性肌膚	混合肌(こんごうはだ)、コンビネーションスキン／敏感肌(びんかんはだ)
純天然的	純天然(じゅんてんねん)の
(加強保濕／滋潤）型的	（保湿強化(ほしつきょうか)／潤(うるお)いをキープする）タイプの
香味清淡的／香味濃郁的	淡(あわ)い香(かお)りの／濃(こ)い香(かお)りの
能防水的	ウォータープルーフの
遮瑕效果好的	コンシーラー効果(こうか)のある
液態的／膏狀的	リキッドタイプの／クリームタイプの

實境應答 176

說明需求、並請服務人員推薦…

我想買乳液。
有質地清爽的嗎？

乳液(にゅうえき)がほしいです。

さっぱりタイプのものはありませんか。

回應

我推薦您這瓶乳液。

この乳液(にゅうえき)がおすすめです。

不油膩，而且持續保濕。

油(あぶら)っぽくなく、潤(うるお)いも持続(じぞく)します。

不油膩、保濕…

我很在意眼角的細紋。
有比較好的眼霜嗎？

目元(めもと)のシワが気(き)になります。

いいアイクリームはありませんか。

回應

我覺得這款含有玻尿酸的眼霜很好用。

こちらのヒアルロン酸配合(さんはいごう)タイプのアイクリームがよいかと思(おも)います。

含玻尿酸

我想買粉底。
你推薦我用哪一種顏色？

ファンデーションがほしいです。

どんな色(いろ)がおすすめですか。

回應

最近粉紅色系賣得很好。

最近(さいきん)は、ピンク系(けい)のものがよく売(う)れています。

您覺得這個顏色如何？

この色(いろ)なんかどうでしょうか。

粉紅色系暢銷

89

商品能試用、測試嗎

即效溝通用語 177

結帳之前	会計(かいけい)の前(まえ)に
可以試用嗎	試(ため)してみてもいいですか
可以測試商品嗎	製品(せいひん)をテストしてみてもいいですか
如果不能測試	もしテストできないのなら
我可能就不買了	購入(こうにゅう)を取(と)りやめるかもしれません
請幫我測試這個東西	これをテストしてみてください
我想試用這個東西	これを試(ため)してみたいです
可以說明、並示範用法嗎	実物(じつぶつ)を使(つか)って使(つか)い方(かた)を説明(せつめい)してもらえませんか
可以解說功能嗎	機能(きのう)の説明(せつめい)をしてもらえませんか
開關在哪裡	スイッチはどこですか
這個按鈕是什麼	このボタンは何(なん)ですか
好像反應不太靈敏	反応(はんのう)が遅(おそ)いような気(き)がします
好像運作不太順暢	動作(どうさ)がぎこちないような気(き)がします
操作方法太複雜了	操作(そうさ)が複雑(ふくざつ)すぎます
有操作更簡單的嗎	もっと操作(そうさ)が簡単(かんたん)なのは、ありませんか。
有一些雜音	雑音(ざつおん)が入(はい)ります
可以測試另一台嗎	他(ほか)ので試(ため)してもいいですか
可以試用另一款嗎	他(ほか)の製品(せいひん)を試(ため)してもいいですか

實境應答 178

購買前試用數位相機…

我想買數位相機，可以實際試用看看嗎？

デジタルカメラの購入を考えているんですが、実際に使ってみてもいいですか。

回應 請用，每一台都能試用。

→ どうぞ、どれでも使ってみてください。

我想試用這台相機，可是沒電。

このカメラを使ってみたいんですが、電源が入りません。

回應 我幫您換電池，請稍待。

→ バッテリーを替えますので、お待ちください。

這個按鈕是什麼？

このボタンは何ですか。

回應 這是切換模式按鈕。

→ モード切替ボタンです。

（切換模式按鈕）

這個按鈕可以切換拍照和錄影模式。

このボタンで、静止画撮影モードと動画撮影モードを切り替えます。

有沒有操作更簡單的機型？

もっと操作が簡単なのは、ありませんか。

回應 請試試這一台。 これを使ってみてください。

→ 操作簡單，我推薦這台。 操作が簡単で、おすすめです。

90 詢問衣服的「顏色、款式、材質」

即效溝通用語 179

有哪些顏色／款式	どんな色(いろ)／タイプがありますか
有其他顏色／款式嗎	他(ほか)の色(いろ)／タイプがありますか
其他顏色都賣完了嗎	他(ほか)の色(いろ)はどれも売(う)り切(き)れましたか
有明亮一點的顏色嗎	もっと明(あか)るい色(いろ)のはありませんか
深色系的／淺色系的	ダークカラーの／ライトカラーの
花俏的／樸素的	派手(はで)な／地味(じみ)な
這是最新款嗎	これは最新(さいしん)のタイプですか
剪裁合身的／穿起來寬鬆的	ぴったりとした／ゆったりとした
長袖／短袖／無袖	長袖(ながそで)／半袖(はんそで)／ノースリーブ
圓領／V 領／高領	クルーネック／V(ブイ)ネック／タートルネック
低胸／露背	胸元(むなもと)が開(あ)いたタイプ／背中(せなか)を出(だ)すタイプ
圓點／條紋	水玉(みずたま)／ストライプ
(高／中／低) 腰	（ハイ／ミドル／ロー）ウェスト
這是什麼材質	この素材(そざい)は何(なん)ですか
會褪色嗎／會縮水嗎	色落(いろお)ちしますか／縮(ちぢ)みますか
會起毛球嗎	毛玉(けだま)ができますか
100 %純棉／絲質／麻料	綿100　%(めんひゃくパーセント)　／シルク／麻(あさ)
純羊毛／真皮	ウール100　%(ひゃくパーセント)　／天然皮革(てんねんひかく)
質料柔軟的／有彈性的	柔(やわ)らかい素材(そざい)／弾力性(だんりょくせい)のある素材(そざい)
保暖／防水／免燙	保温性(ほおんせい)の高(たか)い／防水性(ぼうすいせい)に優(すぐ)れた／アイロンがけのいらない
手洗／乾洗	手(て)揉(も)み洗(あら)い／ドライクリーニング

實境應答 180

詢問某款式的顏色、尺寸、並問材質…

這種款式的裙子，有灰色 S 號的嗎？

このタイプのスカートの灰色(はいいろ)のS(エス)サイズは、ありますか。

回應 這款裙子的灰色 S 號目前缺貨。

→ こちらのタイプのスカートの灰色(はいいろ)のS(エス)サイズは、いま品切(しなぎ)れです。

> 目前缺貨

這種稍微長一點的裙子，有灰色 S 號的嗎？

このもう少(すこ)し長(なが)いタイプのスカートは、灰色(はいいろ)のS(エス)サイズはありますか。

回應 如果是這款裙子，目前有灰色 S 號的。

→ こちらのタイプのスカートでしたら、灰色(はいいろ)のS(エス)サイズはまだあります。

這件裙子是什麼材質的？

このスカートの素材(そざい)は何(なん)ですか。

回應 表布是100%純棉，內裡是100%的聚酯纖維。

→ 表地(おもてじ)は綿100%(めんひゃくパーセント)で、裏地(うらじ)はポリエステル100%(ひゃくパーセント)です。

> 表布是…
> 內裡是…

需要整燙嗎？

アイロンがけは必要(ひつよう)ですか。

回應 已做了防皺處理，所以不需要整燙。

→ シワになりにくい加工(かこう)をしてあるので、アイロンがけは必要(ひつよう)ありません。

> 已做防皺處理

91

詢問衣服的「尺寸」

即效溝通用語 181

有哪些尺寸	どんなサイズがありますか
(大/中/小) 尺寸	(大きい/中くらいの/小さい) サイズ
有加大的尺碼嗎	大きいサイズはありますか（日文裡加大的尺碼還是用：大きいサイズ）
我要M號的	Mサイズのをください
我要大一號的	1つ大きいサイズのをください
我要小一號的	1つ小さいサイズのをください
我穿C罩杯	私はCカップです
我的腰圍27吋	私はウエスト27インチです
有更大的尺碼嗎	もっと大きいサイズはありますか
有更小的尺碼嗎	もっと小さいサイズはありますか
這是什麼尺寸	これは何サイズ（何センチ）ですか
只剩這個尺寸嗎	このサイズしか残っていませんか
這個尺寸我能穿嗎	私はこのサイズのが着れるでしょうか
可以幫我量尺寸嗎	サイズを測ってもらえますか
最大是幾號	一番大きいのは何サイズ（何センチ）ですか
最小是幾號	一番小さいのは何サイズ（何センチ）ですか
這個腰圍是多少	これはウエスト何センチ（何インチ）ですか
(這個尺寸) 太大/太小	（このサイズは）大きすぎます/小さすぎます
(這個尺寸) 太長/太短	（このサイズは）長すぎます/短すぎます
(這個尺寸) 大小剛好	（このサイズが）ちょうどいいです

實境應答 182

詢問店員如何選擇襯衫的尺寸…

可以教我如何選擇襯衫的尺寸嗎？

ワイシャツのサイズの合(あ)わせ方(かた)を教(おし)えてもらえませんか。

回應

襯衫要依頸圍的大小來選尺寸。

→ ワイシャツは、首回(くびまわ)りでサイズを合(あ)わせます。

依頸圍選襯衫

一般都是選擇比頸圍大 2 公分的尺寸。

普通(ふつう)首回(くびまわ)りより2(に)センチ大(おお)きいサイズを選(えら)びます。

可以幫我量頸圍嗎？

私(わたし)の首回(くびまわ)りを測(はか)ってもらえませんか。

回應

您的頸圍是 38 公分。

→ お客様(きゃくさま)の首回(くびまわ)りは、38(さんじゅうはっ)センチです。

這件是 40 公分的襯衫。

40(よんじゅっ)センチのワイシャツは、こちらです。

您要試穿看看嗎？

試着(しちゃく)されますか。

要試穿嗎？

頸圍剛好，可是腹部有點緊。有沒有大一點的？

首(くび)はちょうどいいですが、おなかがちょっときついです。

もう少(すこ)し大(おお)きいのはありませんか。

回應

那請您試試 41 公分的。

→ 41(よんじゅういっ)センチを試(ため)してみてください。

92 試穿

即效溝通用語 183

試穿	試着（しちゃく）
試衣間	試着室（しちゃくしつ）、フィッティングルーム
在哪裡	どこですか
鏡子／尺寸	鏡（かがみ）／サイズ
大號尺寸／小號尺寸	大（おお）きいサイズ／小（ちい）さいサイズ
短袖／長袖	半袖（はんそで）／長袖（ながそで）
V領／圓領	V（ブイ）ネック／クルーネック
T恤／牛仔褲	T（ティー）シャツ／ジーンズ
褲子	ズボン、パンツ
裙子／洋裝	スカート／ワンピース
（衣服）太大／太小	大（おお）きいです／小（ちい）さいです
（衣服）太緊	きついです
（衣服）太寬鬆	ぶかぶかです
（衣服）大小剛好	ちょうどいいです
（穿起來）好看	よく似合（にあ）います
（穿起來）不好看	あまり似合（にあ）いません
適合	ぴったりです
買／不買	買（か）います／買（か）いません
喜歡／不喜歡	好（す）きです／好（す）きじゃありません
其他顏色／其他花樣	他（た）の色（いろ）／他（た）の模様（もよう）

實境應答

184

想試穿、詢問試穿規定…

可以試穿嗎？

試着(しちゃく)してもいいですか。

回應 可以的，請試穿。

→ ええ、どうぞ試着(しちゃく)なさってください。

有規定最多可以試穿幾件嗎？

何着(なんちゃく)まで試着(しちゃく)できるか決(き)まっていますか。

回應 一次最多試穿三件。

→ 試着(しちゃく)は、1回3着(いっかいさんちゃく)までにしてください。

我要試穿這兩件，這一件不試穿。

この2着(にちゃく)を試着(しちゃく)します。この1着(いっちゃく)は試着(しちゃく)しなくていいです。

回應 那麼，這一件我先拿回去放。

→ では、これは戻(もど)しておきます。

不試穿的放回去

試衣間在哪裡？

試着室(しちゃくしつ)はどこですか。

回應 試衣間在這邊。

→ こちらが試着室(しちゃくしつ)です。

我不知道怎麼穿，你可以幫我嗎？

どうやって着(き)るかわかりませんので、手伝(てつだ)ってもらえますか。

回應 好的。 かしこまりました。

93

試穿後不滿意／修改

即效溝通用語 185

尺寸不合	サイズが合いません
尺寸太大／太小	サイズが大きいです／小さいです
有沒有大一號的	1つ大きいサイズのはありますか
有沒有小一號的	1つ小さいサイズのはありますか
長度太長／太短	丈が長いです／短いです
腰圍太緊／太鬆	ウエストが小さいです／大きいです
太花俏／太老氣／太樸素	派手です／野暮ったいです／地味です
顏色太暗沉了	色が暗いです
這個顏色不適合我	この色は私向きではありません
質料穿起來不舒服	素材の肌触りがよくありません
想再試一次剛才試穿的那件	さっき試着したのを、もう一度試着したいです
比較喜歡第一次試穿的那件	最初に試着した服のほうがいいです
想再試穿別件	他のを試着してみたいです
可以幫我修改嗎	直しをお願いできますか
修改多久會好	直しには、どのくらいかかりますか
修改要付費嗎	直しは、有料ですか
修改要多少錢	直しには、いくらかかりますか
褲管可以改短嗎	裾上げしてもらえますか
褲管可以放長嗎	裾を伸ばしてもらえますか
腰部可以改小嗎	ウエストを小さくしてもらえますか
腰部可以改大嗎	ウエストを大きくしてもらえますか

實境應答 186

試穿後尺寸不合、溝通修改…

這件褲子你覺得我適合什麼尺寸？

このズボン、私はどのサイズが合うと思いますか。

回應

我想您的尺寸應該是 S 號或 M 號。

→ お客様のサイズは、SかMだと思います。

請您試試 M 號。

Mサイズを、はいて見てください。

請試穿 M 號

M 號的腰圍剛好，但是褲長太長了。

Mサイズのは、ウエストはちょうどいいですが、丈が長いです。

回應

那麼請試試 S 號。

→ Sサイズを、はいて見てください。

S 號的腰圍太緊了。
M 號穿起來比較舒服。可以改長度嗎？

Sサイズのは、ウエストがきついです。
Mサイズのほうがいいです。丈は直せますか。

回應

可以修改長度。

→ 丈は直せます。

這樣的長度可以嗎？

このぐらいの長さでどうでしょうか。

可以改長度

有點長。
請修改為不會碰到地面的長度。

ちょっと長いです。
地面に着かないようにしてください。

94

詢問價格

即效溝通用語 187

這個多少錢	これはいくらですか
一個多少錢	1(ひと)ついくらですか
總共多少錢	全部(ぜんぶ)でいくらですか
這是全部東西的價格嗎	この表示(ひょうじ)はどれも価格(かかく)ですか
是含稅的價格嗎	税込(ぜいこ)み価格(かかく)ですか
是不含稅的價格嗎	税抜(ぜいぬ)き価格(かかく)ですか
稅金是百分之多少	消費税(しょうひぜい)は何%(なんパーセント)ですか
稅金是5％嗎	消費税(しょうひぜい)は5%(ごパーセント)ですか
加上稅金是多少錢	消費税(しょうひぜい)を含(ふく)めるといくらですか
有打折嗎	割引(わりびき)がありますか
所有東西都打８折嗎	全商品2割引(ぜんしょうひんにわりびき)ですか
打折後是多少錢	割引後(わりびきご)の価格(かかく)はいくらですか
換算成台幣是多少錢	台湾(たいわん)ドルでいくらになりますか
是依照標價銷售嗎	表示価格(ひょうじかかく)で売(う)りますか
標價是折扣後的價格嗎	表示価格(ひょうじかかく)は割引後(わりびきご)のものですか
折扣後便宜多少錢	いくらの割引(わりびき)になりますか
這個東西沒有標價	これは価格(かかく)の表示(ひょうじ)がありません
有沒有1000日圓以內的	1000円以内(せんえんいない)の商品(しょうひん)はありますか
有沒有更便宜的	もっと安(やす)いのはありませんか
這兩個價格相同嗎	この2(ふた)つは同(おな)じ値段(ねだん)ですか

實境應答 188

詢價、並詢問是否為含稅價…

這個多少錢？

これはいくらですか。

回應　2000日圓。

→ 2000円(にせんえん)です。

這個和這個一起買是多少錢？

これとこれをセットで購入(こうにゅう)すると、いくらになりますか。

回應　一套的價格是3500日圓。

→ セット価格(かかく)で３５００円(さんぜんごひゃくえん)になります。

沒有更便宜的商品嗎？

もっとお買(か)い得(どく)なのはないですか。

回應　那邊的花車商品三件4000日圓。

→ そちらのワゴンの商品(しょうひん)は、３つ(みっ)で4000円(よんせんえん)になります。

非常划算。

とてもお買(か)い得(どく)です。

花車商品很划算

稅金是多少%？稅金是外加的嗎？

消費税(しょうひぜい)は、何%(なんパーセント)ですか。別(べつ)に消費税(しょうひぜい)が必要(ひつよう)ですか。

回應　稅金是５％。

→ 消費税(しょうひぜい)は5%(ごパーセント)です。

稅金已經內含，不用另外支付。

消費税(しょうひぜい)は、含(ふく)まれていますので、別途(べっと)で支払(しはら)う必要(ひつよう)はありません。

95

殺價

即效溝通用語

189

太貴了	高いです
可以算便宜一點嗎	安くなりませんか
真的不二價嗎	掛け値なしですか
可以打折嗎	値引きできませんか
打個8折吧	2割引してください
這是最低折扣了嗎	この値引きが精一杯ですか
全部都買可以算便宜一點嗎	全部買ったら、安くしてくれますか
多買幾個可以打折嗎	たくさん買ったら、値引きしてくれますか
付現金可以算便宜一點嗎	現金払いだと、安くしてくれますか
對外國人有優惠嗎	外国人にサービスはありませんか
超過我的預算了…	予算オーバーなんですが…
這裡髒髒的（算便宜一點吧）	ここがちょっと汚れています（安くなりませんか）
這裡有瑕疵（算便宜一點吧）	ここに傷があります（安くなりませんか）
這是過季商品（算便宜一點吧）	これは季節外れの商品です（安くなりませんか）
快打烊了（算便宜一點吧）	もうすぐ閉店です（安くなりませんか）
多少錢你願意賣給我	いくらなら、売りますか
可以賣…日圓嗎	…円で売ってもらえませんか

實境應答 190

殺價、用點數折抵現金…

這件外套可以算便宜一點嗎？

このコート、安(やす)くなりませんか。

回應 那就破例給您3000日圓的折扣。

→ では、特別(とくべつ)に、3000円(さんぜんえん)ほど値引(ねび)きいたします。

能不能再便宜一點？

もう少(すこ)しだけ負(ま)けてもらえませんか。

回應 不好意思。價錢真的不能再低了。

→ すみません。これ以上(いじょう)の値引(ねび)きは、ちょっと難(むずか)しいです。

價錢不能再低…

有贈送點數嗎？

ポイントは付(つ)くんですか。

回應 刷卡能累積8％的點數，付現金則累積10％的點數。

→ クレジットカードだと、ポイント8％(はちパーセント)、現金(げんきん)でお支払(しはら)いになると、ポイント10％(じゅっパーセント)が付(つ)きます。

我不住日本，不需要點數。那些點數可以換成現金折扣嗎？

日本(にほん)に住(す)んでいるのではないので、ポイントは要(い)りません。
その分(ぶん)安(やす)くしてもらえませんか。

回應 那麼，因為您付現金，我幫您折抵點數10％的金額。

→ では、現金(げんきん)でのお支払(しはら)いなので、ポイントの分(ぶん)10％(じゅっパーセント)値引(ねび)きいたします。

96

A 贈品／換贈品

即效溝通用語 191

有送贈品嗎	プレゼントはありますか
贈品是什麼	プレゼントは何ですか
有哪些贈品	どんなプレゼントがありますか
可以選擇幾樣	いくつ選べますか
可以多送一個嗎	もう１つもらえませんか
一人限贈一件嗎	１人１つだけですか
贈品已經送完了嗎	プレゼントは、もうなくなりましたか
滿多少金額會送贈品	いくら以上購入すれば、プレゼントがもらえますか
還差多少金額可以拿贈品	あといくら購入すれば、プレゼントがもらえますか
贈品兌換處	プレゼント引換所
在哪裡	どこですか
我要換贈品	プレゼントに引き換えてください
有兌換期限嗎	引き換え期限がありますか
必須今天兌換嗎	今日中に引き換えないといけませんか
贈品是憑發票兌換嗎	プレゼントはレシートと引き換えですか
贈品可以折抵現金嗎	プレゼントは現金でもらえませんか
贈品可以更換嗎	プレゼントは他のものに替えられませんか
這個贈品只送不賣嗎	このプレゼントは非売品ですか
其他分店也有贈品嗎	他の店舗でもプレゼントを実施していますか

實境應答 ── 192

A 贈品、額外 A 試用品…

買什麼東西、買多少金額才有贈品？

何(なに)をいくら購入(こうにゅう)すれば、プレゼントがもらえるんですか。

回應 買資生堂 AQUA 系列化粧品，滿 5000 日圓即送贈品。

→ 資生堂(しせいどう)のアクアシリーズの化粧品(けしょうひん)を5000円以上(ごせんえんいじょう)ご購入(こうにゅう)の方(かた)に、プレゼントを差(さ)し上(あ)げております。

買這個系列不行嗎？

このシリーズではだめなんですか。

回應 買這個系列就沒有贈品。

→ このシリーズのご購入(こうにゅう)には、プレゼントはございませんが。

我都買這麼多了，可以送我嗎？

こんなに買(か)ったんですから、お願(ねが)いします。

回應 這次就破例送您贈品。

→ 今回(こんかい)は特別(とくべつ)に、プレゼントを差(さ)し上(あ)げます。

請從這裡挑選兩樣贈品。

この中(なか)から2つ(ふた)のアイテムをお選(えら)びください。

破例給贈品

我要這個和這個。可以順便給我一些化妝水試用品嗎？

これとこれをください。ついでに、化粧水(けしょうすい)のサンプルも、もらえませんか。

回應 好的。這是您的贈品和試用品。

→ かしこまりました。こちらがプレゼントとサンプルでございます。

97

商品能退換嗎

即效溝通用語 193

如果覺得不滿意…	商品に不満の場合は…
如果有瑕疵…	不良品の場合は…
如果尺寸不合…	サイズが合わない場合は…
可以退貨嗎	返品できますか
可以換貨嗎	交換できますか
可以全額退費嗎	商品代金は全額返金してもらえますか
可以換其他商品嗎	他の商品に交換してもらえますか
無法退貨	返品はできません
只能換貨	交換のみとなります
只能換等值商品嗎	同じ価格の商品とのみ交換できますか
幾天內可以退貨	何日以内は、返品ができますか
幾天內可以換貨	何日以内は、交換ができますか
拆封後	開封後
使用後	使用後
特價品能退換嗎	セール商品は返品・交換ができますか
可以到其他門市退貨嗎	購入店舗以外でも返品できますか
可以到其他門市換貨嗎	購入店舗以外でも交換できますか
必須在原購買門市退換嗎	購入した店舗でのみ返品・交換ができますか
需要準備什麼	何が必要ですか
帶發票就可以了嗎	レシートさえあればいいですか

詢問退換規定、在非購買門市退換…

東西購買之後，幾天內可以退換？

商品を購入後何日以内は、返品・交換ができますか。

回應 商品在購買後一周內都可以退換。

→ 商品をご購入後1週間以内は、返品・交換ができます。

退貨時請攜帶發票。

返品の際には、レシートが必要です。

一周內能退換

開封的商品也能退貨嗎？

開封した商品も返品できますか。

回應 開封後尚未使用的商品可以退貨。

→ 開封後未使用の商品でしたら、返品できます。

發票不見了就不能退換貨嗎？

レシートをなくしたら、返品・交換はできませんか。

回應 沒有發票就無法退換。

→ レシートをなくされた場合は、返品・交換はできません。

憑發票退貨

在非購買門市，也可以退換嗎？

購入店舗以外でも返品・交換ができますか。

回應 您也可以在非購買門市退換。

→ ご購入された店舗以外でも、返品・交換ができます。

98

結帳

即效溝通用語 195

我要結帳	会計(かいけい)をお願(ねが)いします
結帳櫃檯在哪裡	レジはどこですか
總共多少錢	全部(ぜんぶ)でいくらですか
是含稅價格嗎	税込(ぜいこ)み価格(かかく)ですか
可以刷卡嗎	カードで支払(しはら)えますか
只能用現金嗎	現金払(げんきんばら)いのみですか
可以用旅行支票嗎	トラベラーズチェックは使(つか)えますか
可以用美金結帳嗎	米(べい)ドルでの支払(しはら)いはできませんか
我有禮卷	ギフト券(けん)があります
我有折價卷	割引券(わりびきけん)があります
我可以給你零錢	細(こま)かいお金(かね)があります
這兩個請分開結帳	この２つ(ふた)は別々(べつべつ)に会計(かいけい)してください
金額好像不對…	金額(きんがく)が間違(まちが)っているようですが…
這不是有打折嗎	この商品(しょうひん)は、割引(わりびき)があるんじゃないんですか
這不是特價品嗎	これは、セール商品(しょうひん)じゃないんですか
不是有送贈品嗎	プレゼントがあるんじゃないんですか
好像找錯錢了…	おつりが間違(まちが)っているようですが…
請給我發票／收據	レシートをください／領収書(りょうしゅうしょ)をください
請分開包裝	別々(べつべつ)に包装(ほうそう)してください
請分裝成兩袋／三袋	２つ(ふた)／３つ(みっ)に分(わ)けて包装(ほうそう)してください

實境應答 196

刷卡結帳、一次付清…

這件衣服和這件褲子，請分開包裝。

この服(ふく)とこのズボンは、別々(べつべつ)に包装(ほうそう)してください。

回應 一共是8900日圓。
→ 全部(ぜんぶ)で８９００円(はっせんきゅうひゃくえん)です。
您要付現？還是刷卡？
現金(げんきん)でお支払(しはら)いですか。カードでお支払(しはら)いですか。

付現？刷卡？

我要刷卡。

カードでお願(ねが)いします。

回應 您要分期付款嗎？ 何回払(なんかいばら)いですか。

分期？

我要一次付清。

1回払(いっかいばら)いでお願(ねが)いします。

回應 請在這裡簽名。 ここにサインをお願(ねが)いします。

這件衣服我馬上要穿，請幫我把價格標籤拆掉。

この服(ふく)はすぐに着(き)るので、値札(ねふだ)をはずしてください。

回應 購物滿5000日圓，就送一個馬克杯。
→ 5000円以上(ごせんえんいじょう)お買(か)い上(あ)げの方(かた)に、マグカップを差(さ)し上(あ)げています。
請選擇您喜歡的顏色。 お好(す)きな色(いろ)をお選(えら)びください。

結帳後選贈品

請給我粉紅色的。

ピンクのをください。

99

包裝

即效溝通用語 197

我要自用的	自分(じぶん)で使(つか)うものなので
一般的包裝就好	普通(ふつう)の包装(ほうそう)でいいです
我要包裝成禮物	プレゼント包装(ほうそう)をしてもらえますか
要另外收費嗎	別(べつ)に料金(りょうきん)が必要(ひつよう)ですか
包裝費是多少錢	包装料(ほうそうりょう)はいくらですか
我要送人的	これはプレゼント用(よう)です
請包漂亮一點	きれいに包装(ほうそう)してください
可以選擇包裝紙嗎	包装紙(ほうそうし)は選(えら)べますか
請把價錢標籤撕掉	価格表示(かかくひょうじ)をはがしてください
請幫我繫上緞帶	リボンを付(つ)けてください
請放在禮盒中	プレゼント用(よう)の箱(はこ)に入(い)れてください
請放入紙袋中	紙袋(かみぶくろ)に入(い)れてください
請放進這張卡片	このカードを入(い)れてください
因為是易碎品	壊(こわ)れ物(もの)なので
請做防碰撞的處理	壊(こわ)れにくい包装(ほうそう)にしてください
放進提袋就可以了	手提(てさ)げ袋(ぶくろ)に入(い)れるだけでいいです
請給我一個提袋	手提(てさ)げ袋(ぶくろ)を1つ(ひと)ください
可以多給我一個紙袋嗎	紙袋(かみぶくろ)を1つ(ひと)多(おお)めにもらえませんか
請分開包裝	それぞれ別(べつ)に包装(ほうそう)してください
請包裝在一起	一緒(いっしょ)に包装(ほうそう)してください

實境應答 198

包裝、選包裝紙、緞帶…

包裝成禮物，需要包裝費嗎？

プレゼント包装(ほうそう)は、包装料(ほうそうりょう)が必要(ひつよう)ですか。

回應 不用，包裝是免費的。

→ いいえ、プレゼント包装(ほうそう)は無料(むりょう)です。

這是要送人的，可以幫我包裝嗎？

これはプレゼントなので、プレゼント包装(ほうそう)をしてもらえませんか。

回應 好的。

→ かしこまりました。

您想用哪一種包裝紙？

包装紙(ほうそうし)は、どれにいたしましょうか。

哪一種包裝紙？

我要這種紅色的包裝紙。

この赤(あか)の包装紙(ほうそうし)でお願(ねが)いします。

回應 要繫上緞帶嗎？

→ リボンはお付(つ)けしましょうか。

要緞帶嗎？

請幫我繫上緞帶

リボンを付(つ)けてください。

回應 這一份也要包裝嗎？

→ こちらもプレゼント包装(ほうそう)をいたしましょうか。

這是我自己要用的，不需要包裝。

これは自分(じぶん)で使(つか)うものなので、普通(ふつう)の包装(ほうそう)でいいです。

100

退税問題

即效溝通用語

199

退稅／免稅	税金の還付／免税
外國人是免稅嗎	外国人は、免税になりますか
我要辦理退稅	税金の還付手続きをしたいです
在哪裡辦理	どこで手続きをしますか
有辦理時間嗎	手続きできる時間帯が決まっていますか
必須當天辦理退稅嗎	税金の還付は当日中に手続きしないといけませんか
幾天內能夠辦理退稅	税金の還付は何日以内に手続きしないといけませんか
辦理時需要哪些資料	手続きにはどんなものが必要ですか
護照／發票	パスポート／レシート
每一筆消費	購入品すべてについて
都可以退稅嗎	税金の還付が受けられますか
都是免稅嗎	免税になりますか
多少金額以上能退稅	いくら以上買い物すれば、税金の還付が受けられますか
多少金額以上是免稅	いくら以上買い物すれば、免税になりますか
可以累計消費金額嗎	それぞれの取引の購入金額を合計できますか
是退現金嗎	現金で還付されますか
請為我解釋明細	明細を説明してもらえませんか
是在這裡簽名嗎	ここにサインをしますか
退稅金額似乎算錯…	還付金額が間違っているようですが…

實境應答 200

詢問外國人購物免稅的相關規定…

外國人購物免稅嗎？

外国人(がいこくじん)は、免税(めんぜい)で買(か)い物(もの)できますか。

回應

符合一定條件的外國人，出示護照購物就免稅。

→ 一定(いってい)の条件(じょうけん)を満(み)たす外国(がいこく)の方(かた)は、パスポートを提示(ていじ)いただければ、消費税(しょうひぜい)なしでお買(か)い物(もの)いただけます。

只有短期居留的外國人，才享有購物免稅嗎？

免税(めんぜい)で買(か)い物(もの)できるのは、短期滞在(たんきたいざい)の外国人(がいこくじん)だけですか。

回應

只有居留 6 個月以內的外國人，享有購物免稅。

→ 滞在期間(たいざいきかん)が 6 ヶ月以内(ろっかげついない)の外国(がいこく)の方(かた)のみ、消費税(しょうひぜい)なしでお買(か)い物(もの)いただけます。

免稅購物時需要填寫資料嗎？

免税(めんぜい)で買(か)い物(もの)するためには、書類(しょるい)の記入(きにゅう)が必要(ひつよう)ですか。

回應

店員會幫您填寫資料。 書類(しょるい)は店員(てんいん)が記入(きにゅう)いたします。

→ 顧客需出示護照及簽名。

お客様(きゃくさま)は、パスポートを提示(ていじ)して、書類(しょるい)にサインしてください。

買任何東西都免稅嗎？

どんなものを購入(こうにゅう)しても、免税(めんぜい)になりますか。

回應

食品、香煙、電池、化粧品、藥品等消耗品不是免稅。

→ 食品(しょくひん)、タバコ、電池(でんち)、化粧品(けしょうひん)、医薬品(いやくひん)などの消耗品(しょうもうひん)は、免税(めんぜい)の対象(たいしょう)になりません。

101

退換商品

即效溝通用語 201

我要退貨	返品(へんぴん)したいです
這是發票	これがレシートです
可以全額退費嗎	全額返金(ぜんがくへんきん)してもらえますか
我完全沒有使用過	全(まった)く使用(しよう)していません
為什麼不能退貨	なぜ返品(へんぴん)できないんですか
只能更換嗎	交換(こうかん)しかできないんですか
我要換貨	交換(こうかん)したいです
想換其他款式	他(ほか)のタイプに交換(こうかん)したいです
想換大一號的尺寸	1つ(ひと)大(おお)きいサイズに交換(こうかん)したいです
想換小一號的尺寸	1つ(ひと)小(ちい)さいサイズに交換(こうかん)したいです
因為有汙點	汚(よご)れがあります
因為縫線跑出來／因為有刮傷有瑕疵	ほつれがあります／傷(きず)があります
因為尺寸不合	サイズが合(あ)いません
因為買錯東西了	誤(あやま)って購入(こうにゅう)しました
請換一個全新的給我	新(あたら)しいのに交換(こうかん)してもらえませんか
發票不見了也可以退換貨嗎	レシートを紛失(ふんしつ)しても返品(へんぴん)・交換(こうかん)ができますか
如果補差價	差額(さがく)を払(はら)えば
可以換購其他商品嗎	他(ほか)の商品(しょうひん)に交換(こうかん)できますか
幾天內可以退貨或換貨	何日以内(なんにちいない)は、返品(へんぴん)・交換(こうかん)ができますか

實境應答 202

想換貨、沒有尺寸只好退貨…

3天前我買了這件褲子，可以換大一號的尺寸嗎？

3日前にこのズボンを購入したんですが、1つ大きいサイズのに替えてもらえませんか。

回應 大一號的尺寸已經全部賣完了。

→ 1つ大きいサイズは、もう全部売れてしまいました。

我沒穿過，可以退貨嗎？

まだ使用していないので、返品できますか。

回應 您有帶發票嗎？

→ レシートをお持ちですか。

如果是信用卡購買的，還需要刷卡收據。

クレジットカードでのご購入の場合は、ご利用明細書もお願いします。

需要刷卡收據

這是發票和刷卡收據。我是用這張信用卡買的。

レシートと利用明細書です。このクレジットカードで購入しました。

回應 交易取消了，銀行不會對您請款。

→ 取引をキャンセルいたしましたので、代金は引き落とされません。

歡迎您再度光臨。

またのご来店をお待ちしております。

謝謝。

ありがとうございます。

102

訂購商品

即效溝通用語

203

可以訂貨嗎	注文（ちゅうもん）できますか
幾個以上才接受訂貨	いくつ以上（いじょう）から注文（ちゅうもん）できますか
我想訂一個／兩個…	…を1つ（ひと）／2つ（ふた）注文（ちゅうもん）したいです
什麼時候可以取貨	いつ受（う）け取（と）れますか
有哪些取貨方式	どんな受（う）け取（と）り方法（ほうほう）がありますか
必須到店取貨嗎	店舗（てんぽ）での受（う）け取（と）りのみですか
可以幫我包裝嗎	包装（ほうそう）してもらえますか
可以寄到這個地址給我嗎	この住所（じゅうしょ）へ配送（はいそう）してもらえますか
可以送到飯店給我嗎	私（わたし）が泊（と）まっているホテルの住所（じゅうしょ）へ配送（はいそう）してもらえますか
請送到…飯店	…ホテルへ配送（はいそう）してください
我的房號／姓名是…	部屋（へや）の番号（ばんごう）／名前（なまえ）は…
如果貨品到了	商品（しょうひん）が届（とど）いたら
請打電話到我住的飯店	私（わたし）が泊（と）まっているホテルに電話（でんわ）してください
請飯店櫃檯轉告我	受付（うけつけ）で私（わたし）の部屋（へや）につないでもらってください
飯店電話號碼是…	ホテルの電話番号（でんわばんごう）は…
要付訂金嗎	申込金（もうしこみきん）が必要（ひつよう）ですか
必須先付款嗎	代金（だいきん）は先払（さきばら）いですか
可以貨到付款嗎	代金引換（だいきんひきかえ）で受（う）け取（と）れますか
訂購的商品如果有瑕疵…	受（う）け取（と）った商品（しょうひん）に不具合（ふぐあい）があった場合（ばあい）…
可以退貨嗎	返品（へんぴん）できますか

實境應答 —— 204

訂購商品、並希望宅配到飯店…

我想買這台桌上型電腦。

このデスクトップコンピューターがほしいんですが。

回應 這種機型要用訂購的。

→ このタイプは、注文販売になります。

這種機型要訂貨

如果訂購商品，什麼時候會到貨？

注文した商品は、いつ届きますか。

回應 如果今天訂購，後天會到貨。

→ 今日ですと、あさってになります。

商品到貨後，會用電子郵件通知您。

商品が届いたら、メールでお知らせします。

要先付款嗎？

代金は先払いですか。

回應 不用的，取貨時再付款。

→ いいえ、商品と引き換えにお支払いください。

取貨時付款

商品能送到飯店嗎？

商品をホテルまで送ってもらうことはできますか。

回應 如果您希望宅配，就必須先付款、並支付運費。

→ 配送をご希望の場合は、代金先払いで、配送料金が必要になります。

103
宅配運送

即效溝通用語

205

可以宅配給我嗎	配送（はいそう）してもらえますか
可以幫我送到飯店嗎	ホテルへ配送（はいそう）してもらえますか
我想寄回台灣	台湾（たいわん）へ送（おく）りたいです
這是我的地址	これが私（わたし）の住所（じゅうしょ）です
有哪些運送方式	どんな配送方法（はいそうほうほう）が選（えら）べますか
有海外宅配嗎	海外宅配（かいがいたくはい）はできませんか
海外宅配必須加收費用嗎	海外宅配（かいがいたくはい）は、別（べつ）に料金（りょうきん）が必要（ひつよう）ですか
是空運嗎	航空便（こうくうびん）ですか
是海運嗎	船便（ふなびん）ですか
什麼時候會送達	着（つ）くまでどのくらいかかりますか
明天會送達嗎	明日（あした）には着（つ）きますか
一週內會送達嗎	1週間（いっしゅうかん）以内（いない）に着（つ）きますか
運費如何計算	送料（そうりょう）はどのように計算（けいさん）しますか
購物滿多少金額就免運費嗎	ある金額（きんがく）以上（いじょう）購入（こうにゅう）すると、送料無料（そうりょうむりょう）になりますか
是用厚紙箱包裝嗎	ダンボールでの梱包（こんぽう）ですか
會加填充物避免商品碰撞受損嗎	衝撃（しょうげき）による破損（はそん）を防（ふせ）ぐために、詰（つ）め物（もの）をしますか
運送過程會避免碰撞嗎	衝撃（しょうげき）を与（あた）えないように輸送（ゆそう）しますか

實境應答 206

選擇宅配方式、收件時間…

這瓶酒，可以幫我送到飯店嗎？

このお酒(さけ)を、ホテルまで送(おく)ってもらえますか。

回應 日本郵局的包裹、黑貓大和的宅急便，您要哪一種？

→ 日本郵便(にほんゆうびん)のゆうパックとクロネコヤマトの宅急便(たっきゅうびん)の、どちらでの配送(はいそう)にいたしましょうか。

我要用郵寄包裹。

ゆうパックでお願(ねが)いします。

回應 請填寫您的收件地址和姓名。

→ お届(とど)け先住所(さきじゅうしょ)、お名前(なまえ)をご記入(きにゅう)ください。

請寄到這個地址，收件人是這個名字。

この住所(じゅうしょ)へ、この名前(なまえ)でお願(ねが)いします。

回應 收件時間可以選擇上午、下午和晚上。

→ 受(う)け取(と)り希望時間帯(きぼうじかんたい)は、午前(ごぜん)、午後(ごご)、夜(よる)が選(えら)べます。

您要選擇哪一個時段？

どの時間帯(じかんたい)になさいますか。

選擇收貨時段

我希望晚上收件。

受(う)け取(と)り希望時間帯(きぼうじかんたい)は、夜(よる)でお願(ねが)いします。

回應 運費是1000日圓。

→ 送料(そうりょう)は1000円(せんえん)になります。

明天晚上會送達，請您留意收件。

明日(あした)の夜(よる)に着(つ)きますので、注意(ちゅうい)しておいてください。

104

保固維修

即效溝通用語 207

有保證書嗎	保証書(ほしょうしょ)はありますか
如果商品故障了	製品(せいひん)が故障(こしょう)したら
要如何處理	どうすればいいですか
有保固期嗎	保証期間(ほしょうきかん)がありますか
保固期是幾年	保証期間(ほしょうきかん)は何年(なんねん)ですか
是終身保固嗎	永久保証(えいきゅうほしょう)ですか
保固期間之內	保証期間中(ほしょうきかんちゅう)
維修需要收費嗎	修理(しゅうり)には料金(りょうきん)がかかりますか
是免費維修嗎	修理(しゅうり)は無料(むりょう)ですか
日本以外的地區也有維修服務嗎	日本国外(にほんこくがい)でも修理(しゅうり)が受(う)けられますか
日本以外的地區也有經銷商嗎	日本国外(にほんこくがい)にも代理店(だいりてん)がありますか
日本以外的地區有零件可以更換嗎	日本国外(にほんこくがい)にも交換部品(こうかんぶひん)はありますか
換零件要自費嗎	部品交換(ぶひんこうかん)は有料(ゆうりょう)ですか
保證書需要蓋店章嗎	保証書(ほしょうしょ)は、販売店(はんばいてん)のスタンプが必要(ひつよう)ですか
如果遺失保證書…	保証書(ほしょうしょ)を紛失(ふんしつ)した場合(ばあい)も
還能免費維修嗎	無料(むりょう)での修理(しゅうり)が受(う)けられますか
必須上網登錄資料嗎	メーカーのサイトで登録(とうろく)しないといけませんか

實境應答 —— 208

詢問保固期限、買回國後的維修…

產品的保固期是幾年？

製品の保証期間は何年ですか。

回應 產品的保固期是３年。

製品の保証期間は３年です。

如果產品在海外故障，該怎麼辦？

海外で製品が故障したら、どうすればいいですか。

回應 只要在海外維修服務網站註冊，在國外也可以享有和日本國內相同的售後服務。

→ 海外修理サービスに登録されれば、海外でも日本国内と同じアフターサービスが受けられます。

有海外維修服務

不論哪一個國家，都能享有和日本國內相同的售後服務嗎？在台灣也可以嗎？

どこの国でも、日本国内と同じアフターサービスが受けられますか。

台湾でも受けられますか。

回應 享有售後服務的地區才有。

→ 対象地域のみです。

但大部分的國家都包含在內。

ほとんどの国は、対象地域に含まれています。

台灣也包含在內。

台湾も含まれています。

105

找美食

即效溝通用語 209

這附近	このあたり
有知名美食嗎	有名(ゆうめい)なグルメがありますか
有好吃的餐廳嗎	おいしいレストランがありますか
有歷史悠久的老店嗎	老舗(しにせ)がありますか
你推薦哪一間餐廳	どのレストランがおすすめですか
有米其林推薦的餐廳嗎	ミシュランガイドおすすめのレストランがありますか
哪一間餐廳的生意最好	どのレストランが人気(にんき)ですか
有吃到飽的餐廳嗎	食(た)べ放題(ほうだい)のレストランはありますか
這裡盛產什麼	このあたりの名産(めいさん)は、何(なん)ですか
這裡盛產海鮮嗎	このあたりの名産(めいさん)は、海産物(かいさんぶつ)ですか
想吃有本地風味的料理	郷土色(きょうどしょく)の強(つよ)い料理(りょうり)が食(た)べたいです
想吃有名的美食	有名(ゆうめい)なグルメが食(た)べたいです
有沒有便宜又好吃的餐廳	安(やす)くておいしいレストランはありませんか
有沒有別具特色的餐廳	他(ほか)とは違(ちが)う変(か)わったレストランはありませんか
要事先訂位嗎	予約(よやく)が必要(ひつよう)ですか
那間餐廳有什麼特色	そのレストランは、どんなレストランですか
這間餐廳很有名嗎	このレストランは有名(ゆうめい)ですか
價錢公道嗎	値段(ねだん)はリーズナブルですか
菜色多樣化嗎	メニューは豊富(ほうふ)ですか
食物份量多嗎	料理(りょうり)はボリュームがありますか

實境應答 210

請日本朋友推薦美食…

我想去吃一些好吃的東西。

なにかおいしいものを食(た)べに行(い)きたいです。

回應 你想吃什麼樣的東西？

→ どんなものが食(た)べたいですか。

我想吃這一帶的有名料理。

このあたりの有名(ゆうめい)な料理(りょうり)が食(た)べたいです。

回應 這一帶的有名料理是日式煎餅。

→ このあたりの有名(ゆうめい)な料理(りょうり)は、お好(この)み焼(や)きです。

日式煎餅有名

那是什麼樣的料理？

それはどんな料理(りょうり)ですか。

回應 是將麵粉、蛋、肉放在鐵板上煎煮，再淋上醬汁的食物。

→ 小麦粉(こむぎこ)と卵(たまご)、肉(にく)などを、鉄板(てっぱん)の上(うえ)で焼(や)いて、ソースをかけたものです。

如果有便宜又好吃的店家，請帶我去。

安(やす)くておいしいお店(みせ)があれば、連(つ)れて行(い)ってください。

回應 有一家不錯的店。

→ いいお店(みせ)があります。

今晚一起去吧！

今晩一緒(こんばんいっしょ)に行(い)きましょう。

106 餐廳訂位

即效溝通用語 211

我想訂位	予約(よやく)したいです
有接受訂位嗎	予約(よやく)はできますか
不接受訂位嗎	予約(よやく)はできませんか
我們總共3位／4位	３人(さんにん)／４人(よにん)
總共3位／4位嗎	３名様(さんめいさま)／４名様(よんめいさま)ですか
要預訂明天晚上	明日(あした)の夜(よる)を予約(よやく)したいです
要預訂今天晚上六點半	今晩(こんばん)6時(ろくじ)３０分(さんじゅっぷん)を予約(よやく)したいです
後天中午還有位子嗎	あさってのお昼(ひる)は予約(よやく)できますか
已經客滿了嗎	もう満席(まんせき)ですか
可以現場後補嗎	お店(みせ)で空席(くうせき)待(ま)ちができますか
我要訂吸菸區的座位	喫煙席(きつえんせき)を予約(よやく)したいです
我要訂非吸菸區的座位	禁煙席(きんえんせき)を予約(よやく)したいです
訂位可以保留多久	何分(なんぷん)遅(おく)れたら、キャンセルされてしまいますか
我要增加一個／兩個訂位	予約人数(よやくにんずう)を１人(ひとり)／２人(ふたり)増(ふ)やしたいです
我要減少一個／兩個訂位	予約人数(よやくにんずう)を１人(ひとり)／２人(ふたり)減(へ)らしたいです
我要更改訂位時間	予約時間(よやくじかん)を変更(へんこう)したいです
要將訂位時間提前半小時	予約時間(よやくじかん)を３０分(さんじゅっぷん)早(はや)めたいです
要將訂位時間延後１小時	予約時間(よやくじかん)を１時間(いちじかん)遅(おく)らせたいです
需要再次確認嗎	もう一度(いちど)予約確認(よやくかくにん)をしなければなりませんか
對不起，我想取消訂位	すみませんが、予約(よやく)を取(と)り消(け)したいんですが

實境應答 212

打電話訂位、說明時間和人數…

我想訂位。

しょくじ　よやく
食事の予約をしたいんですが。

回應 您想預約什麼時候的位子？

なんがつなんにち　なんじ　きぼう
→ 何月何日の何時をご希望でしょうか。

預約何時？

我要預訂6月10日下午六點。

ろくがつとおか　ごごろくじ
6月10日の午後6時です。

回應 有幾位客人？

なんめいさま
何名様でしょうか。

共10位。

じゅうにん
10人です。

回應 不好意思。

もう　わけ
→ 申し訳ございません。

六點半才有
10人大桌

六點半才有10人一桌的位子。

ろくじさんじゅっぷん　じゅうめいさま　ひと　しょくじ
6時30分でしたら、10名様が1つのテーブルでお食事いただけるんですが。

那就訂六點半好了。

ろくじさんじゅっぷん
でしたら、6時30分でいいです。

回應 請留下一位客人的姓名和電話號碼。

だいひょう　かた　なまえ　でんわばんごう　ねが
→ 代表の方のお名前と、お電話番号をお願いします。

陳文英、連絡電話是090-2345-6789。

チェンウェンイン　ゼロきゅうゼロのにさんよんごのろくななはちきゅう
陳文英で、090-2345-6789です。

107

想坐…座位

即效溝通用語 213

請給我榻榻米的座位	座敷にしてください
請給我座椅式的座位	イス席にしてください
請給我吸菸區的座位	喫煙席にしてください
請給我非吸菸區的座位	禁煙席にしてください
請給我靠窗的座位	窓際の席にしてください
請給我靠近門口的座位	入り口の近くの席にしてください
請給我安靜一點的座位	静かな席にしてください
請給我較隱密的座位	奥まった席にしてください
請給我吧台的座位	カウンター席にしてください
請給我包廂的座位	個室席にしてください
請給我離廁所較遠的座位	トイレから離れた席にしてください
請給我視野好的座位	眺めのいい席にしてください
請給我看得到舞台表演的座位	ショーがよく見える席にしてください
請給我兩個人的座位	２人掛けのテーブルにしてください
請給我十個人的大桌	１０人掛けのテーブルにしてください
有室外的座位嗎	テラス席はありますか
我不想跟別人併桌	他の人と相席したくないです
我不想坐在地下室	地下の席は嫌です

實境應答

想坐靠窗、安靜的位子…

我要坐這個位子。

この席（せき）にします。

回應 不好意思，那個位子是預約席。

→ すみませんが、そちらの席（せき）は、予約席（よやくせき）でございます。

選到別人的預約席…

有沒有靠窗的位子？

窓際（まどぎわ）の席（せき）はありませんか。

回應 這個位子可以嗎？

→ こちらの席（せき）はいかがでしょうか。

有沒有坐起來比較舒服的位子？

もう少（すこ）しゆったり座（すわ）れる席（せき）は、ありませんか。

回應 這個位子坐起來很舒服。

→ こちらの席（せき）なら、ゆったりとお座（すわ）りいただけます。

有沒有比較安靜的位子？

もう少（すこ）し静（しず）かな席（せき）は、ありませんか。

回應 這個位子非常安靜。

→ こちらの席（せき）なら、とても静（しず）かです。

那我要這個位子。

この席（せき）にします。

108

我要內用／外帶

即效溝通用語 215

我要內用	ここで食(た)べます
我要外帶	持(も)ち帰(かえ)りにします
我想改成內用	やっぱりここで食(た)べます
我想改成外帶	やっぱり持(も)ち帰(かえ)りにします
內用還有位子嗎	席(せき)はありますか
內用需要排隊嗎	席(せき)は待(ま)たないとありませんか
內用要等多久	席(せき)はどのくらい待(ま)たないといけませんか
外帶要等多久	持(も)ち帰(かえ)りは、どのくらいかかりますか
外帶比較便宜嗎	持(も)ち帰(かえ)りのほうが安(やす)いですか
外帶要在哪裡點餐	持(も)ち帰(かえ)りの場合(ばあい)は、どこで注文(ちゅうもん)しますか
外帶會用什麼容器裝	持(も)ち帰(かえ)りの場合(ばあい)は、どんな容器(ようき)に入(はい)っていますか
有保溫效果嗎	冷(さ)めにくいですか
可以保溫多久	どのくらいの時間(じかん)冷(さ)めませんか
外帶有附筷子／刀叉嗎	箸(はし)／ナイフとフォークは付(つ)いていますか
請多給我一套筷子／刀叉	箸(はし)／ナイフとフォークをもう1(ひと)つください
任何食物都可以外帶嗎	どのメニューも持(も)ち帰(かえ)りできますか
請幫我分成兩袋	2(ふた)つの袋(ふくろ)に分(わ)けてください
含配料的咖哩醬請分開包裝	ルーは別(べつ)に包装(ほうそう)してください
請給我一個塑膠袋	ビニール袋(ぶくろ)を1(ひと)つください
請給我一個紙袋	紙袋(かみぶくろ)を1(ひと)つください

實境應答

216

櫃檯點餐時，選擇內用或外帶…

請給我兩個１號餐、一個漢堡。

１番のセットを２つ、ハンバーガーを１つください。

回應 您要內用？ こちらでお召し上がりですか。

→ 還是外帶？ お持ち帰りですか。

內用？外帶？

外帶有比較便宜嗎？

持ち帰りだと、安くなりますか。

回應 如果外帶套餐，每一份便宜 200 日圓。

→ セットの場合は、お持ち帰りですと、１つにつき200円安くなります。

現在有位子嗎？

今席がありますか。

回應 現在有位子，不過要和其他客人併桌。

→ 席はございますが、他の方との相席になります。

那麼，一個漢堡內用、套餐外帶。

でしたら、ハンバーガー１つはここで食べますが、セットは持ち帰りにします。

回應 要幾包蕃茄醬？ ケチャップはいくつお付けしましょうか。

給我兩包。

２つお願いします。

109

點餐／需要中文菜單

即效溝通用語

217

我要點餐	注文(ちゅうもん)を取(と)ってください
有中文菜單嗎	中国語(ちゅうごくご)のメニューがありますか
我先看一下菜單	メニューを見(み)せてください
我們等一下再點餐	もう少(すこ)ししてから注文(ちゅうもん)します
可以說明一下菜單嗎	メニューの説明(せつめい)をしてください
你們的招牌菜是什麼	自慢(じまん)の料理(りょうり)は何(なん)ですか
你推薦我們吃什麼	おすすめの料理(りょうり)は何(なん)ですか
有哪些套餐	セットメニューは何(なに)がありますか
套餐有附飲料嗎	セットメニューには、飲(の)み物(もの)は付(つ)いていますか
麵包／甜點／沙拉	パン／デザート／サラダ
套餐的內容能更換嗎	セットメニューに含(ふく)まれているものは、他(ほか)のものに替(か)えれますか
今日特餐是什麼	今日(きょう)のおすすめは何(なん)ですか
有素食料理嗎	ベジタリアンメニューはありませんか
隔壁桌客人點的是什麼	隣(となり)のお客(きゃく)さんが食(た)べているのは何(なん)ですか
我要一份一樣的	同(おな)じのをください
這道菜的份量大概多少	この料理(りょうり)は、どのくらいの量(りょう)がありますか
我要點小份／中份／大份的	小(しょう)／中(ちゅう)／大(だい)をください
我們點這些菜夠了嗎	これで足(た)りるでしょうか
每一道菜都不要加辣	どの料理(りょうり)も、唐辛子(とうがらし)を入(い)れないでください
我要再加點一份	もう1つ(ひとつ)追加(ついか)してください

實境應答

點餐、選套餐、選辣或不辣…

有沒有中文菜單？

中国語（ちゅうごくご）のメニューはありませんか。

回應 這是您要的中文菜單。

→ こちらが中国語（ちゅうごくご）のメニューです。

套餐有附哪些東西？

セットメニューには、何（なに）が付（つ）いていますか。

回應 套餐有附湯、沙拉和咖啡。

→ セットメニューには、スープとサラダとコーヒーが付（つ）いています。

你推薦什麼套餐？

おすすめのセットメニューは何（なん）ですか。

回應 推薦您豬排咖哩套餐、和義大利肉醬麵套餐。

→ カツカレーセットとミートスパゲティセットがおすすめです。

請給我們兩個咖哩套餐、一個義大利麵套餐。

カレーセットを2（ふた）つと、スパゲティセットを1（ひと）つください。

回應 咖哩有甜味、中辣和大辣，您要哪一種？

→ カレーは、甘口（あまくち）、中辛（ちゅうから）、辛口（からくち）がありますが、どれにしますか。

甜味？中辣？大辣？

我們要一個甜味、一個中辣。

甘口（あまくち）1つ（ひと）、中辛（ちゅうから）1つ（ひと）でお願（ねが）いします。

110

詢問「烹調方法、口味、份量」

即效溝通用語 219

這道菜是如何烹調的	この料理(りょうり)は、どうやって作(つく)りますか
是油炸的嗎／是燒烤的嗎	油(あぶら)で揚(あ)げますか／焼(や)きますか
是涼拌的嗎／是清蒸的嗎	和(あ)えますか／蒸(む)しますか
是生食，還是熟食	生(なま)ですか、それとも火(ひ)を通(とお)してありますか
內餡是什麼	中(なか)の具(ぐ)は何(なん)ですか
很有嚼勁嗎	歯(は)ごたえがいいですか
這是什麼口味的	何味(なにあじ)ですか
有哪些口味可以選擇	何味(なにあじ)がありますか
哪一種口味最有特色	何味(なにあじ)が、一番(いちばん)変(か)わっていますか
我想吃重口味的食物	濃厚(のうこう)な味(あじ)のものが食(た)べたいです
我想吃口味清淡的食物	さっぱりした味(あじ)のものが食(た)べたいです
是辣／酸／苦的嗎	辛(から)い／酸(す)っぱい／苦(にが)いですか
是不是很鹹／很甜	とてもしょっぱい／甘(あま)いですか
有加大蒜／辣椒嗎	にんにく／唐辛子(とうがらし)が入(はい)っていますか
有加香料調味嗎	香辛料(こうしんりょう)が入(はい)っていますか
有加奶油／起司嗎	バター／チーズが入(はい)っていますか
每一道菜是幾人份的	1つ(ひと)で何人分(なんにんぶん)ありますか
一人份的份量有多少	1人分(ひとりぶん)はどのくらいありますか
4個人要點幾份才夠	4人(よにん)だったら、いくつ頼(たの)めばちょうどいいですか
牛排是幾公克的	何(なん)グラムのステーキですか

實境應答 —— 220

詢問「牛丼」是什麼…

「牛丼」是什麼樣的料理？

牛丼(ぎゅうどん)というのは、どんな料理(りょうり)ですか。

回應 是將燉煮的牛肉和洋蔥，淋在白飯上的料理。
→ 牛肉(ぎゅうにく)や玉(たま)ねぎを煮(に)て、ご飯(はん)にかけたものです。

是什麼樣的味道？

どんな味(あじ)ですか。

回應 用醬油和砂糖調味。 醤油(しょうゆ)と砂糖(さとう)で味(あじ)を付(つ)けてあります。
→ 所以鹹中帶甜。 しょっぱくて少(すこ)し甘(あま)い味(あじ)です。

放在上面的粉紅色東西是什麼？

上(うえ)にのっているピンク色(いろ)のものは何(なん)ですか。

回應 是紅薑絲，有鹹味。 生姜(しょうが)です。しょっぱい味(あじ)がします。

份量大概有多少？

どのくらいの量(りょう)がありますか。

回應 份量很多喔！有一大碗飯，可以吃得很飽。
→ けっこうありますよ。どんぶり1杯(いっぱい)で、おなかいっぱいになります。

只有一種份量嗎？

サイズは1(ひと)つだけですか。

回應 有中、大、特大。 並盛(なみもり)、大盛(おおもり)、特盛(とくもり)があります。
→ 特大的份量最多。 特盛(とくもり)が、量(りょう)が一番多(いちばんおお)いです。

111

有…甜點嗎／有…飲料嗎

即效溝通用語 221

有哪些甜點	どんなデザートがありますか
低糖／低熱量	低糖／低カロリー
有適合糖尿病患吃的甜點嗎	糖尿病の人でも食べられるデザートはありますか
店裡有特色的甜點是？	この店自慢のデザートは何ですか
冰淇淋是無限量自取嗎	アイスクリームは、おかわり自由ですか
蛋糕／派／冰淇淋／聖代／泡芙	ケーキ／パイ／アイスクリーム／サンデー／シュークリーム
焦糖布丁／提拉米蘇	クレーム・ブリュレ／ティラミス
（草莓／巧克力／香草）口味	（ストロベリー／チョコレート／バニラ）味
有哪些飲料	どんな飲み物がありますか
有（冷／熱）飲嗎	（コールド／ホット）ドリンクはありますか
有微甜／無糖飲料嗎	微糖／無糖の飲み物はありますか
有不含酒精的飲料嗎	アルコールの入っていない飲み物はありますか
低咖啡因／不含咖啡因	低カフェイン／カフェインレス
果汁是現打的嗎	絞りたてのジュースですか
我的飲料不要加冰塊	私の飲み物は氷なしにしてください
飲料可以續杯嗎	飲み物はおかわりできますか
請餐（前／後）上飲料	飲み物は料理の（前／後）にお願いします
果汁／花草茶	ジュース／ハーブティー
礦泉水／可樂	ミネラルウォーター／コーラ

實境應答 222

詢問這是什麼甜點、人氣甜點…

有哪些甜點？

どんなデザートがありますか。

回應 我們有芭菲（parfait）、聖代、冰淇淋、布丁和刨冰。

→ パフェ、サンデー、アイスクリーム、プリン、かき氷(ごおり)があります。

「芭菲」是什麼樣的甜點？

パフェとは、どんなデザートですか。

回應 是冰淇淋上加水果，再淋巧克力醬或草莓醬的甜點。

→ アイスクリームにフルーツを入(い)れて、チョコレートやストロベリーのソースをかけたものです。

可以看一下照片嗎？

写真(しゃしん)を見(み)せてもらえますか。

回應 這是巧克力芭菲，這是草莓芭菲。

→ これがチョコレートパフェで、これがストロベリーパフェです。

客人最常點的甜點是什麼？

一番(いちばん)よく出(で)ているデザートは何(なん)ですか。

回應 客人最常點的是水果布丁聖代。

→ フルーツプリンサンデーが、一番(いちばん)よく出(で)ています。

我要兩個水果布丁聖代。

フルーツプリンサンデーを、2つ(ふた)ください。

112

點錯餐，想更換或取消

即效溝通用語 ―― 223

剛才點餐點錯了	さっき、注文を間違えてしまいました
可以更改嗎	変更できますか
可以取消嗎	取り消しできますか
如果已經烹調了	もし、もう作り始めているのなら
我就不變更了	変更しません
能換成一人份／兩人份嗎	1人分／2人分に変更できませんか
想取消這道菜	この料理を取り消したいです
想取消一份套餐	このセットを取り消したいです
想換成（雞肉／牛肉）的	（鶏肉／牛肉）に変更したいです
想換成別種主餐	他のメインディッシュに変更したいです
想換成（麵／飯）	（麺／ご飯）に変更したいです
想換成（別的湯／飲料／甜點）	（他のスープ／飲み物／デザート）に変更したいです
想換成（玉米濃湯／羅宋湯）	（コーンスープ／ボルシチ）に変更したいです
想換成（啤酒／氣泡飲料）	（ビール／発泡飲料）に変更したいです
想更換牛排淋醬	ステーキのソースを変更したいです
想換成（黑胡椒醬／蘑菇醬）	（黒胡椒ソース／マッシュルームソース）に変更したいです
想更換沙拉醬	ドレッシングを変更したいです
（千島／油醋／和風）醬	（サウザンアイランド／イタリアン／和風）ドレッシング

實境應答 224

更改點餐數量、想取消餐點…

不好意思，我點餐的數量可能有錯，可以幫我確認嗎？

すみません。注文する数量を間違えてしまったかもしれないので、確認してもらえませんか。

回應 好的，我來處理。 かしこまりました。

剛才咖哩飯和豬排丼，各點了幾份？

さっき注文したカレーライスとカツ丼は、それぞれいくつずつになっていますか。

回應 咖哩飯３份，豬排丼２份。

→ カレーライスが３つ、カツ丼が２つです。

如果來得及，可以改成２份咖哩飯、３份豬排丼嗎？

もしまだ間に合えば、カレーライス２つ、カツ丼３つに変更してもらえませんか。

回應 好的，我來處理。 かしこまりました。

→ 食物還沒烹調，我幫您改成２份咖哩飯、３份豬排丼。

まだ作り始めていないので、カレーライス２つ、カツ丼３つに変更します。

另外，如果來得及，可以取消炸雞嗎？

それから、もしまだ間に合えば、鳥の唐揚げは取り消しできませんか。

回應 不好意思。 申し訳ありません。

已經烹調，無法取消

→ 炸雞已經烹調了，無法取消。

鳥の唐揚げはもう作り始めているので、取り消しはできません。

113

詢問「這個東西怎麼吃」

即效溝通用語 225

這個東西怎麼吃	これはどうやって食(た)べますか
可以教我怎麼吃嗎	食(た)べ方(かた)を教(おし)えてもらえませんか
這個部份可以吃嗎	ここも食(た)べられますか
哪一個部份不能吃	どこが食(た)べられませんか
要先吃什麼	まず何(なに)を食(た)べますか
這是這一道菜的沾醬嗎	これは、この料理(りょうり)のたれですか
直接沾醬吃嗎	そのままたれをつけて食(た)べますか
先嘗原味，再沾醬嗎	まずそのままで食(た)べて、それからたれをつけて食(た)べますか
要淋上檸檬汁嗎	レモン汁(じる)をかけて食(た)べますか
是直接生吃嗎	生(なま)のまま食(た)べますか
要再稍微煮一下嗎	すこし煮(に)ますか
要攪拌嗎	混(ま)ぜますか
要剝皮嗎	皮(かわ)を剥(む)きますか
要剝殼嗎	殻(から)を剥(む)きますか
用手抓著吃嗎	手(て)で食(た)べますか
用湯匙挖來吃嗎	スプーンで食(た)べますか
最好趁熱吃嗎	熱(あつ)いうちに食(た)べますか
要稍微冷卻後再吃嗎	すこし冷(さ)ましてから食(た)べますか
是這兩種夾著一起吃嗎	一方(いっぽう)で他方(たほう)を挟(はさ)んで食(た)べますか
可以夾麵包吃嗎	パンに挟(はさ)んで食(た)べますか

實境應答 226

詢問「涮涮鍋」、「雜燴粥」的作法與吃法…

不好意思，可以說明這道菜的吃法嗎？

すみません。この料理の食べ方を説明してもらえませんか。

回應

首先，吃有青菜和肉片的「涮涮鍋」。

→ まず、野菜と肉のしゃぶしゃぶを食べます。

接著，利用剩下的湯汁做「雜燴粥」。

それから、残った汁を使って雑炊を作ります。

先吃「涮涮鍋」
再吃「雜燴粥」

「涮涮鍋」要怎麼吃？

しゃぶしゃぶは、どのように食べるんですか。

回應

將肉片和蔬菜在湯裡燙過，再沾醬吃。

→ 肉と野菜を、湯の中を通してから、

たれをつけて食べます。

燙過、沾醬吃

要在湯裡燙很久再吃嗎？

湯の中に長く入れておいてから、食べますか。

回應

不需要。只要在湯裡燙 5～10 秒就可以了。

→ いいえ。湯の中に入れるのは、

5秒から10秒だけです。

燙 5~10 秒

「雜燴粥」要怎麼做？

雑炊は、どのように作りますか。

回應

把米飯或麵條放進「涮涮鍋」的湯汁裡，再煮一下。

→ しゃぶしゃぶの汁に、ご飯か麺を入れて煮ます。

114
用餐時需要服務生幫忙

即效溝通用語 227

請稍候再上菜	もうすこししてから、料理を持って来てください
請現在開始上菜	今から料理を持って来てください
請幫我加開水	水を入れてください
請給我一杯溫開水	ぬるま湯をください
請給我一個碗／一雙筷子	おわんを１つ／箸を１膳ください
請給我一個小盤子	皿を１枚ください
請給我湯匙／中式湯匙	スプーンをください／レンゲをください
請給我新的刀叉	新しいナイフとフォークをください
少了一份筷子／刀叉	箸／フォークとナイフが１人分足りません
請問調味料放在哪裡	調味料は、どこにありますか
(拿著調味料罐說)裡面沒有了	（調味料の容器を持って）中身がありません
請給我溼紙巾	おしぼりをください
請給我開瓶器	栓抜きをください
請給我糖包／奶球	砂糖／ミルクをください
請幫我清理桌面	テーブルをきれいにしてください
這些餐盤可以收走了	この皿を持って行ってください
(指著某一種食物問)這是什麼	（食べ物を指して）これは何ですか
這是我所點的哪一道菜	これは私が注文したうちのどの料理ですか
可以幫我把湯加熱嗎	スープを温めてもらえますか

實境應答 228

少餐具、換新湯匙、需要開瓶器…

少一個盤子。

皿が1枚足りません。

回應 請用這個盤子。

→ この皿をどうぞ。

湯匙髒了，請幫我換一支新的。

スプーンが汚れているので、新しいものに交換してください。

回應 不好意思，我立刻為您更換。

→ 申し訳ありません。すぐに取り替えます。

請給我濕紙巾。

ウェットティッシュをください。

回應 這是濕紙巾，請用。

→ どうぞ、ウェットティッシュです。

請給我一杯水。

お水をください。

回應 這是您要的水，請用。 どうぞ、お水です。

可以給我開瓶器嗎？

栓抜きをもらえますか。

回應 我把開瓶器放在這裡。

→ 栓抜きは、こちらに置いておきます。

115 不合胃口／上錯餐點／餐點沒來

即效溝通用語 229

東西好像沒煮熟…	この料理(りょうり)は、煮(に)えてないんですが
覺得食物不太新鮮	この食材(しょくざい)は、新鮮(しんせん)じゃないようですが
覺得這道菜的味道怪怪的	この料理(りょうり)は、変(へん)な味(あじ)がするんですが
牛排肉太硬了	ステーキが、硬(かた)すぎるんですが
太甜了／太鹹了	甘(あま)すぎ／しょっぱすぎます
太酸了／太油了／太辣了	酸(す)っぱすぎ／あぶらっぽすぎ／辛(から)すぎます
我不喜歡這個味道	この味(あじ)は、口(くち)にあいません
我不敢吃這個東西	これは食(た)べられません
我沒有點這道菜	この料理(りょうり)は頼(たの)んでいません
我點的是豬肉／牛肉	豚肉(ぶたにく)／牛肉(ぎゅうにく)を頼(たの)んだんですが
我點的是小份的／大份的	小(しょう)／大(だい)を頼(たの)んだんですが
我點的是辣味的／不辣的	辛(から)い／辛(から)くないのを頼(たの)んだんですが
你們上錯餐點了	料理(りょうり)を出(だ)し間違(まちが)えています
我點的餐一直沒來	料理(りょうり)が来(こ)ないんですが
還有一道餐點沒來	料理(りょうり)が１つ(ひと)まだきていないんですが
我 30 分鐘前就點餐了	３０分(さんじゅっぷん)ぐらい前(まえ)に頼(たの)んだんですが
請告訴我原因	理由(りゆう)を説明(せつめい)してもらえますか
餐點還要等多久	あとどのくらいで、できますか
我不想再等了	もうこれ以上(いじょう)待(ま)てません
我要取消餐點	注文(ちゅうもん)を取(と)り消(け)します

實境應答 —— 230

調味太鹹、餐點一直沒來…

這道菜太鹹了，沒辦法入口。

この料理は、しょっぱすぎて食べられません。

回應 如果不合胃口，我們可以幫您換其他菜。

→ お口に合わないようでしたら、他の料理にお取替えします。

我沒有點這道菜。

この料理は頼んでいませんが。

回應 對不起，弄錯了。 失礼いたしました。

我點了味噌鯛魚，可是還沒來。

鯛の味噌煮を頼んだんですが、まだ来ません。

回應 不好意思。

→ 申し訳ありません。

菜餚還在烹調，煮好了立刻幫您送來。

まだ作っていますので、できましたらすぐにお持ちします。

仍在烹調中…

又過了 10 分鐘，味噌鯛魚還是沒來…

味噌鯛魚還沒好嗎？我可以取消嗎？

鯛の味噌煮はまだですか。 注文を取り消してもいいですか。

回應 真的很抱歉。

→ まことに申し訳ありません。

我幫您取消味噌鯛魚。

鯛の味噌煮は注文を取り消させていただきます。

116

結帳／打包

即效溝通用語 —— 231

我要買單	会計(かいけい)をお願(ねが)いします
要在哪裡結帳	どこで会計(かいけい)をしますか
可以刷卡嗎	カードでの支払(しはら)いは、できますか
可以用美金／旅行支票付款嗎	米(べい)ドル／トラベラーズチェックは、使(つか)えますか
我們要各付各的	会計(かいけい)は別々(べつべつ)にお願(ねが)いします
我們要平均分攤	会計(かいけい)は割(わ)り勘(かん)でお願(ねが)いします
我們要一起結帳	会計(かいけい)は一緒(いっしょ)でお願(ねが)いします
總共多少錢	いくらですか
一個人多少錢	1人(ひとり)いくらですか
是含稅金額嗎	税込(ぜいこ)みの金額(きんがく)ですか
這筆金額是什麼	これは何(なん)の代金(だいきん)ですか
不是有打折嗎	割引(わりびき)があるんじゃないんですか
帳單金額好像算錯了	金額(きんがく)が間違(まちが)っているようですが
我們沒有點這個	これは頼(たの)んでいませんが
多算了一道菜的錢	頼(たの)んでいない料理(りょうり)の代金(だいきん)が含(ふく)まれています
請重算一次	もう一度(いちど)計算(けいさん)してもらえますか
可以幫我打包嗎	包(つつ)んでもらえますか
這兩種食物請分開裝	これとこれは、別々(べつべつ)に包(つつ)んでください
請給我袋子或容器	袋(ふくろ)か入(い)れ物(もの)をください
請給我一個提袋	手提(てさ)げ袋(ぶくろ)をください

實境應答 232

餐點沒吃完想打包、準備結帳…

吃不完的食物可以打包嗎？

残(のこ)った食(た)べ物(もの)は、持(も)ち帰(かえ)りにできますか。

回應 好的，我立刻為您打包。

→ かしこまりました。すぐにお包(つつ)みいたします。

服務生打包後拿來…

哪一包是炒青菜？哪一包是餃子？

どちらが野菜炒(やさいいた)めで、どちらが餃子(ぎょうざ)ですか。

回應 這一包是炒青菜，這一包是餃子。

→ こちらが野菜炒(やさいいた)めで、こちらが餃子(ぎょうざ)です。

我要買單。

会計(かいけい)をお願(ねが)いします。

回應 分開付嗎？一起付？ 会計(かいけい)は別々(べつべつ)ですか。ご一緒(いっしょ)ですか。

我們要各付各的。

別々(べつべつ)にお願(ねが)いします。

回應 炒飯和餃子是1220日圓，拉麵和炒青菜是1330日圓。

→ チャーハンと餃子(ぎょうざ)で１２２０円(せんにひゃくにじゅうえん)、中華(ちゅうか)そばと野菜炒(やさいいた)めで１３３０円(せんさんびゃくさんじゅうえん)でございます。

可以刷卡嗎？

カードでの支払(しはら)いはできますか。

回應 您可以刷卡付款。 カードでのお支払(しはら)いもできます。

117

溝通不良／有人會說中文嗎

即效溝通用語 —— 233

我聽不懂你所說的	よくわからないんですが
你可以說慢一點嗎	もっとゆっくり話(はな)してもらえませんか
你可以再說一次嗎	もう一度(いちど)言(い)ってもらえませんか
你會說中文／英文嗎	中国語(ちゅうごくご)／英語(えいご)はできませんか
有人會說中文嗎	中国語(ちゅうごくご)ができる人(ひと)はいませんか
有人會說英文嗎	英語(えいご)ができる人(ひと)はいませんか
我需要一位翻譯	通訳(つうやく)してくれる人(ひと)が必要(ひつよう)なんですが
有誰能幫我翻譯嗎	通訳(つうやく)してくれる人(ひと)はいませんか
你能幫我翻譯嗎	通訳(つうやく)してくれませんか
我只會說簡單的日文	私(わたし)は簡単(かんたん)な日本語(にほんご)しかできません
我只聽得懂簡單的日文	私(わたし)は簡単(かんたん)な日本語(にほんご)しかわかりません
這裡很吵	ここは騒(さわ)がしいです
你可以說大聲一點嗎	もう少(すこ)し大(おお)きな声(こえ)で話(はな)してもらえませんか
可以稍微解釋一下嗎	ちょっと説明(せつめい)してもらえませんか
可以寫下來給我嗎	書(か)いてもらえませんか
可以畫給我看嗎	絵(え)を描(か)いてもらえませんか
我不了解上面所寫的意思	書(か)いてあることの意味(いみ)が、よくわからないんですが
請問這是什麼意思	これはどんな意味(いみ)ですか
這是…的意思嗎	これは…という意味(いみ)ですか
我了解了，謝謝你。	わかりました。ありがとうございます。

實境應答 ——— 234

看不懂日文，請人說明…

這上面寫什麼？
這麼難的日語我看不懂。
請簡單說明一下。

ここに何(なん)と書(か)いてあるんですか。
難(むずか)しい日本語(にほんご)はよくわかりません。
簡単(かんたん)に説明(せつめい)してください。

回應 → 上面寫著「要打開這個產品的蓋子時，請壓這裡」。

この製品(せいひん)の蓋(ふた)を開(あ)けるときは、ここを押(お)してくださいという意味(いみ)です。

上面寫…

我不太懂，可以請你畫圖說明嗎？

よくわかりません。絵(え)を描(か)いて説明(せつめい)してもらえますか。

回應 → 意思是「只要壓下這張圖的這個部分，蓋子就開了」。

この絵(え)のこの部分(ぶぶん)を押(お)すと、蓋(ふた)が開(あ)くという意味(いみ)です。

意思是…

我還是不太懂，有沒有會說中文的人？

よくわかりません。中国語(ちゅうごくご)ができる人(ひと)はいませんか。

回應 → 我們找來會說中文的人了。

中国語(ちゅうごくご)ができる者(もの)を連(つ)れてきます。

找來會說中文的人

118

我的…遺失了

即效溝通用語 235

我的…遺失了	…をなくしてしまいました
背包／護照／信用卡	バックパック／パスポート／クレジットカード
數位相機／數位攝影機	デジタルカメラ／デジタルムービーカメラ
我剛才放在這裡忘了帶走	さっきここに置(お)き忘(わす)れてしまいました
請問你有看到嗎	見(み)ませんでしたか
我最後一次使用它…	最後(さいご)に使(つか)ったのは…
大約是 30 分鐘前	３０分(さんじゅっぷん)ぐらい前(まえ)です
現在該怎麼辦	どうしたらいいですか
有失物招領處嗎	遺失物(いしつぶつ)センターはありますか
我完全沒印象東西掉在哪裡	どこに落(お)としたのか、全(まった)くわかりません
我忘記我放在哪裡了	どこに置(お)いたのか、全(まった)く覚(おぼ)えていません
可能遺忘在公車上了	バスの中(なか)に忘(わす)れてきたのかもしれません
可能掉在路上了	道(みち)で落(お)としたのかもしれません
也許被偷走了	盗(と)られたのかもしれません
這附近有派出所嗎	近(ちか)くに交番(こうばん)はありますか
東西是黑色／黃色的	色(いろ)は黒(くろ)／黄色(きいろ)です
大約這樣的大小	このぐらいの大(おお)きさです
如果找到了	見(み)つかったら
請打電話到這間飯店	このホテルに電話(でんわ)してください
我的房間號碼是…	部屋(へや)の番号(ばんごう)は…

實境應答 236

遺失包包、到派出所認領…

我剛才放在那邊的包包不見了。

さっきそこに置(お)いたバッグがなくなったんですが。

回應　裡面有什麼東西？　中(なか)には何(なに)が入(はい)っていましたか。

裡面有內衣褲和特產。

下着(したぎ)とお土産(みやげ)が入(はい)っていました。

回應　可能有人送去派出所了。

→ 誰(だれ)かが交番(こうばん)に持(も)って行(い)ったのかもしれません。

距離這裡最近的派出所在哪裡？

ここから一番近(いちばんちか)い交番(こうばん)はどこにありますか。

回應　這條路直走後左轉，就有一間派出所。

→ この道(みち)をまっすぐ行(い)って、左(ひだり)に曲(ま)がったところに交番(こうばん)があります。

來到派出所詢問…

有人送來一個黑色包包嗎？
大約是這個大小，上面寫著 adidas。

黒(くろ)いバッグが届(とど)いていませんか。

このぐらいの大(おお)きさで、adidas(アディダス)と書(か)いてあります。

回應　有收到一個黑色包包。　黒(くろ)いバッグが届(とど)いています。

→ 是這個包包嗎？　このバッグですか。

那就是我的包包。

私(わたし)のバッグはそれです。

119 迷路／問路

即效溝通用語 237

我迷路了	道(みち)に迷(まよ)ってしまいました
請問這裡是哪裡	ここはどこですか
請問這裡是…嗎	ここは…ですか
…是在哪一個方向	…はどの方向(ほうこう)にありますか
到…大約有多遠	…までは、どのくらいありますか
如何到地圖的這裡	地図(ちず)のこの場所(ばしょ)へは、どう行(い)けばいいですか
走路過去要多久	歩(ある)いてどのくらいかかりますか
要往回走嗎	戻(もど)らないといけませんか
是直走嗎	まっすぐですか
順著這條路走就對了嗎	この道(みち)をまっすぐ行(い)けばいいんですか
我的方向對嗎	この方向(ほうこう)で正(ただ)しいですか
在前面右轉／左轉嗎	あそこで右(みぎ)／左(ひだり)に曲(ま)がりますか
哪一邊是北方／南方	どっちが北(きた)／南(みなみ)ですか
可以畫地圖給我嗎	地図(ちず)を描(か)いてもらえませんか
那附近有明顯的地標嗎	そこの近(ちか)くに、目印(めじるし)になる建物(たてもの)などはありませんか
離這最近的車站在哪	ここから一番近(いちばんちか)い駅(えき)は、どこにありますか
距離這裡最近的車站有多遠	ここから一番近(いちばんちか)い駅(えき)まで、どのくらいありますか
請問我該怎麼回到飯店	ホテルに戻(もど)るには、どう行(い)けばいいですか
（在建築物內）請問洗手間在哪裡	ちょっとお聞(き)きしたいんですが、トイレはどこにありますか
請問出口／入口在哪裡	出口(でぐち)／入口(いりぐち)はどこですか

實境應答

238

拿著地圖問路、問方向…

對不起。請問西武百貨怎麼走？

すみません。ちょっとお聞きしたいんですが、西武デパートへはどう行けばいいですか。

回應 這條路直走，第一個十字路口右轉，再下一個十字路口左轉。

→ この道をまっすぐ行って、1つ目の交差点を右に曲がって、次の交差点を左に曲がってください。

直走…右轉…左轉…

這裡是地圖上的哪裡？

ここは、この地図でどこになりますか。

回應 這裡是地圖上的這個地方。

→ この地図で、ここになります。

是地圖上的這裡

這個方向是地圖上的哪一邊？

この方向は、この地図でどの方向になりますか。

回應 這個方向是地圖上的這一邊。

→ この方向は、この地図でこの方向になります。

西武百貨在地圖上的哪裡？

西武デパートは、この地図ではどこになりますか。

回應 在地圖上的這個地方。

→ この地図では、ここになります。

120

換錢／兌換外幣

即效溝通用語 —— 239

請幫我換錢
両替(りょうがえ)してほしいです

可以和你換零錢嗎
両替(りょうがえ)してもらえませんか

哪裡可以換零錢
どこで両替(りょうがえ)できますか

有兌幣機嗎
両替機(りょうがえき)がありますか

請幫我換成紙鈔／硬幣
お札(さつ)／硬貨(こうか)に両替(りょうがえ)してほしいです

請幫我換成兩個 500 日圓硬幣
500円玉2枚(ごひゃくえんだまにまい)に両替(りょうがえ)してほしいです

請幫我換成 10 張仟圓紙鈔
千円札10枚(せんえんさつじゅうまい)に両替(りょうがえ)してほしいです

哪裡可以兌換外幣
どこで外貨(がいか)を両替(りょうがえ)できますか

這裡可以兌換外幣嗎
ここで外貨(がいか)を両替(りょうがえ)できますか

飯店櫃檯可以兌換外幣嗎
ホテルのフロントで、外貨(がいか)を両替(りょうがえ)できますか

我打算在機場兌換日幣
空港(くうこう)で日本円(にほんえん)に両替(りょうがえ)しようと思(おも)っています

請幫我換成日幣
日本円(にほんえん)に両替(りょうがえ)してほしいです

請幫我換成美金
米(べい)ドルに両替(りょうがえ)してほしいです

今天的匯率是多少
今日(きょう)のレートはいくらですか

請幫我換 5 萬圓日幣
日本円5万円(にほんえんごまんえん)に両替(りょうがえ)してほしいです

可以換成多少金額的日幣
両替(りょうがえ)したら日本円(にほんえん)いくらになりますか

需要護照嗎
パスポートが必要(ひつよう)ですか

要付手續費嗎
手数料(てすうりょう)がかかりますか

請給我收據
領収書(りょうしゅうしょ)をください

實境應答 240

將台幣兌換成日幣…

我想把 15000 元台幣換成日幣。

台湾(たいわん)ドル15000(いちまんごせん)ドルを、日本円(にほんえん)に両替(りょうがえ)したいんですが。

回應 請填寫這張「外幣買賣委託書」。

→ こちらの外貨買取依頼書(がいかかいとりいらいしょ)に、ご記入(きにゅう)ください。

請填表格

這裡要寫什麼？

ここには、何(なに)を書(か)けばいいんですか。

回應 這裡請填寫您要委託買賣的貨幣種類和金額。

→ ここには、買取依頼通貨(かいとりいらいつうか)の種類(しゅるい)と金額(きんがく)をご記入(きにゅう)ください。

填寫幣種、金額

地址可以寫在台灣的地址嗎？

住所(じゅうしょ)は、台湾(たいわん)の住所(じゅうしょ)でいいんですか。

回應 可以的，請填入台灣的地址。

→ はい。台湾(たいわん)の住所(じゅうしょ)をご記入(きにゅう)ください。

手續費是多少？

手数料(てすうりょう)は、いくらですか。

回應 每一次交易，收取 500 日圓手續費。

→ 1件(いっけん)につき、500円(ごひゃくえん)の手数料(てすうりょう)をいただきます。

檸檬樹網站・日檢線上測驗平台 http://www.lemon-tree.com.tw

赤系列 16

聽說旅遊日語很簡單～附 120 種旅遊實境應答 MP3

2010 年 9 月 初版

作者	福長浩二
封面・版型設計	陳文德
責任編輯	邱顯惠

發行人	江媛珍
出版者	檸檬樹國際書版有限公司 檸檬樹出版社
E-mail	lemontree@booknews.com.tw
地址	台北縣 235 中和市中和路 400 巷 31 號 2 樓
電話・傳真	02-29271121・02-29272336
社長・總編輯	何聖心
主編	連詩吟
副主編	邱顯惠
編輯	蔡依婷　楊桂賢
會計行政	方靖淳
法律顧問	第一國際法律事務所 余淑杏律師

全球總經銷・印務代理	知遠文化事業有限公司
博訊書網	http://www.booknews.com.tw
	電話：02-26648800　傳真：02-26648801
	地址：台北縣222深坑鄉北深路三段155巷25號5樓

港澳地區經銷	和平圖書有限公司
	電話：852-28046687　傳真：850-28046409
	地址：香港柴灣嘉業街12號百樂門大廈17樓

定價	台幣 290 元
劃撥帳號・戶名	19726702・檸檬樹國際書版有限公司
	* 單次購書金額未達300元，請另付40元郵資
	* 信用卡・劃撥購書需7-10個工作天

版權所有・侵害必究　本書如有缺頁、破損，請寄回本社更換